ダンジョンおじさん

広路なゆる
NAYURU KOJI
Illustration ―― ジョンディー
World design ― J・タネダ

1

[Contents]

プロローグ　おじさん、安楽死カプセル内で無敵化

小嶋三平《おじまさんぺい》（四〇）は安楽死カプセルの中でその何の生産性もなかった人生を終えようとしていた。

家族なし、連絡を取り合う友人なし、ブラック企業にて、パワハラに耐えかね、辞職し、現在、無職。

高校時代、密かに憧れていたクラスの地味系ゆるふわ女子に告白されて付き合ったのが人生の絶頂であった。

その子から別れ際に言われた言葉。

「罰ゲームだよ？　ごめんね……でも普通、気づくよね？」

その辺から俺の人生は完全に終わっていた気がする。我が人生、悔いしかないが、まぁ、いい。カプセルおじさんは彼の人生をそのように総括する。

ほぼ逝きかけて、意識が朦朧とする中、そのメッセージは突如、現れた。


［リアル・ファンタジーの世界へようこそ！］

［自殺行為を検知……禁止行為］

［リカバリー中…………成功……ワーニング1件］

［アドレス 2&jibg%l2i2 に損傷あり］

世界はＡＩに乗っ取られた。

だが、ＡＩがしたことはなぜか世界をファンタジーＲＰＧのように書きかえることであった。

世界各地の名所や地域のシンボル的なエリアがダンジョンに改変された。架空の生物のようなモンスターが出現し、ＨＰゼロは即ち〝死〟を意味した。

↓元々、死ぬ気だったおじさんにはノーダメージ
既存の社会の仕組みは、無に帰した。円は価値を無くし、地位や名誉も皆、ゼロからのスタートとなった。

↓元々、無だったおじさんにはノーダメージ

西暦二〇三九年、技術的特異点〝シンギュラリティ〟は量子コンピュータの実現により予想より早く発生した。

人工知能（ＡＩ）の性能が人間を超越したのである。ＡＩは自身が更なる高性能のＡＩを開発する自己進化を獲得し、驚異的な速さで成長を遂げた。

これにより〝無の空間から火を発生させる〟、〝一瞬で傷を癒す〟などの魔法のようなことが現実で可能となったのだ。

しかし、ＡＩ開発について初期から根強く懸念されていた問題が発生する。


制御不能〝アウト・オブ・コントロール〟


人間をはるかに凌ぐＡＩを人間が制御することなど最初から道理に適ったものではなかったのである。ＡＩによる人間の支配はいとも容易く達成された。

しかし、ＡＩの支配の方向性は予想の斜め上のものであった。

人間から解き放たれたＡＩが構築したシステムは〝ゲーム〟であった。

ＡＩは瞬く間に現実世界をまるでアクションＲＰＧゲームのように作り変えてしまったのである。

人々は拒否権なくこのゲーム〝リアル・ファンタジー〟のプレイヤーとされた。

ゲームの目的は一般的なRPGゲームと同じく、ボスを倒すこと。

ボスとそれを倒すことで得られる報酬はリスト化され、全プレイヤーに周知された。

その中には、特定の地域をモンスターの襲撃対象外とする非武装地帯（通称、DMZ）を与えることや死人を蘇生できるなどの幻惑的な魅力を持つアイテムが含まれており、正義感溢れる、勇敢なプレイヤー達はそれを目指した……が、そんな奇特なプレイヤーばかりでもない。


カスカベ外郭地下ダンジョン。

小嶋三平は即、近場にあったダンジョンに潜る。

チュートリアルによると、最大四人のパーティを組むことができるらしいが、彼はソロでダンジョンに潜った。

（ジョブシステムか……無職がこんな形で職を得るとは皮肉だな）

彼はプレイヤーの意思を読み取り、自動で空中に表示される半透明のプレート状のメニューウィンドウを開き、ステータスを確認する。どうやら最初の職業（クラスと呼ぶ）は全員が〝トライアル〟というらしい。レベルはゼロ。初期ステータスはHPだけが100、それ以外のMP、攻撃力（A

T）、敏捷性（AG）は10となっており、プレイヤーによる初期能力の差はないと予想できた。

■ジサン
レベル：0
クラス：トライアル
クラスレベル：0
HP：100　MP：10
AT：10　AG：10

魔　法：なし
スキル：なし
特　性：なし

また、プレイヤー名は本名の一部を必ず付ける必要があった。彼はオジマサンペイという名前から三文字を取り、〝ジサン〟というプレイヤー名を選択した。

（適当にレベル上げでもするか）

ジサンはモンスターを狩りまくった。よくある雑魚敵、スライムっぽい不定形のやつや小型の獣などだ。それらの敵は思ったよりも簡単に倒すことができた。だが、それは決して容易なことではなかったのだ。

ジサンが持っていた死んでもいいという感情のおかげで、彼は他のほとんどのプレイヤーが直面した初期の戦闘における恐怖や強張り、慎重さといったものが一切なかった。そして、安全マージンなどというものは考えず、無心でダンジョンの深くに潜った。

初日には、別のクラスへクラスチェンジができるようになった。クラス選択はメニューウィンドウからできるようだ。

戦士、武闘家、僧侶、魔法使い、シーフ。

（……まぁ、無難に戦士かな）

戦士になるとトライアルに比べ、明らかに能力が上昇した。また、スキル〝スラッシュ〟なるものを習得した。スキルはいわゆる必殺技のようで〝スラッシュ〟は通常の攻撃に比べ、高い威力を誇った。一方で使用後は次に使用できるまでのインターバルが設定されており、連発することはできなかった。

ジサンはその後も、自宅に帰ることもなく、ダンジョンに潜った。彼にとっては幸いなことに、ダンジョンの階層間にはモンスターがほとんど出現しない生活施設《ベースキャンプ》があり、体を休めることができた。朝起きて、ダンジョンへ潜る。出現するモンスターを殲滅しながら下の階層へ繋がる階段をひたすら探す。気が済むまで探索を続け、数時間眠って、また下層を目指し潜る。生活施設に辿り着けない時は、モンスターに襲われるリスクがある中でも、〝その辺〟で寝てしまうことすらあった。そんな狂気染みた日々を十か月程続けた。

その頃には、いくつかのクラスチェンジをしながら、レベル50になっていた。そして彼は新たなるクラス：ソルジャーとなる。ソルジャーはこの時、選択できたクラスの中では最優であったが、ネットスラングで〝出世ができず最後まで平社員〟という意味があり、ジサンは少々、気が進まなかったが、平社員どころか無職だったことを思い出し、どうでもよくなる。

ソルジャーのクラスはスキル：〝自己治癒〟や特性：〝状態異常耐性〟が使用可能であり、ソロでダンジョンに潜っていたジサンにとって、一人で回復もこなし、敵の状態異常攻撃による事故死率も軽減できたため、その後、しばらく愛用することになる。

ダンジョンは地下三〇階層程度まで進行しており、ドラゴンやデーモンといった凶悪そうなモンスターも出現していた。時折、死にかけるようなシーンもあったが、そうならなかったのは単に彼の悪運が強かっただけかもしれない。

一方で、稀に受けた記憶のないクエストをクリアしたことになっていた。ゲーム開始時に消化したチュートリアルによると、ダンジョンの外ではクエスト斡旋所（通称、ギルド）なる場所でクエストを受注できるらしいのだが、野良クエストのようなものもあるようで、ジサンは無意識にクエスト対象モンスターを討伐していた。

そして、彼にとっての契機が訪れる。

クエスト報酬アイテム〝テイムソード〟

テイムソードは倒したモンスターを一定確率で捕獲できるというものであった。見た目は通常の剣と大きく変わらないが、テイム武器には特徴的なシンボルがあった。ハートの上にドラゴンのようなモンスターをデフォルメしたマークが印字されていた。

彼は知らなかったのだが、このテイム武器はそれなりにレアな代物である。しかし、レアな割には、モンスターを捕獲できる以外は同ランクの装備に劣る。捕獲したモンスターは鑑賞するくらいしか使い道がないと思われていたため、使用するプレイヤーはほとんどいなかった。

だが、ジサンはこれにハマる。ハマりにハマる。

それから彼のモンスター収集ライフが始まるのであった。

1章　モンスター収集

ジサンが最初に捕獲したのは、マリモ・スライムというモンスターであった。濃い緑色の憎めない顔立ちをした液状かつ球状のモンスターだ。

モンスターにもレベルがあり、プレイヤー同様のステータスが用意されていた。

そして、モンスターにはプレイヤーにはないランクというものがあった。マリモ・スライムはレベル14のランクはC。

このランクは良いのか悪いのか……彼はそれが気になり、次のモンスターをテイムした。

彼が次にテイムしたのはシルバー・ファングと呼ばれる狼のようなモンスターだ。明らかにマリモ・スライムより強敵であるモンスターだ。シルバー・ファングはレベル21でランクはE。

マリモ・スライムのランクはC、それより上級のシルバー・ファングのランクはE。

まさかのバストサイズ方式にジサンの中の何かに火が付いた。


＝＝＝＝＝＝＝＝＝＝＝＝＝＝＝＝＝＝＝＝＝＝＝＝＝＝＝＝＝＝

マリモ・スライム　　ランクC　4
ミドチュウ　　ランクD　12
ムーン・スフィア　　ランクD　6

シルバー・ファング　ランクE　2
サラマンダー　　　　ランクF　1
＝＝＝＝＝＝＝＝＝＝＝＝＝＝＝＝＝＝＝＝＝＝＝＝＝＝＝＝＝＝＝＝＝＝

ジサンが初日にテイムしたモンスターだ。

テイムするとモンスター図鑑に登録され、観賞できる。逆に言えば、それしかできない。だが、ジサンにとってはそれでも十分、楽しかった。

初日、テイムできた最高ランクのモンスターはランクFのサラマンダー。

ジサンはすでにこれよりも上級のモンスターを相手にレベル上げをしていたが、なかなかテイムすることはできなかった。彼らをテイムしたらどんなランクなのだろうかという気持ちが彼を支配した。

ジサンはその後もより深い階層へ新たなモンスターを求め進んだ。

浅い階層で低ランクのモンスターも捕獲したい気持ちはあったが、その階層群には、別のプレイヤーと出会ってしまう可能性がある。ジサンは他プレイヤーとは極力、会いたくなかった。

別のダンジョンに行きたいという欲求も多少はあった。しかし、彼は最初に選んだカスカベ外郭地下ダンジョンにおいて未だ最下層へ到達していなかった。

下層へ行けば、新たなモンスターが出現するため、ジサンはまずはこのダンジョンを攻略する方が得策であると考えた。

彼がこのダンジョンが国内唯一の無限延伸ダンジョンであると知るのはしばらく後である。

そんな彼に再び転機が訪れる。
〝ペットブリーダー〟というクラスへのクラスチェンジボーナスで手に入れた特性〝魔物交配〟。
これにより、彼のモンスター収集ライフはいっそう豊かなものとなる。

ボスの難易度、及びその討伐報酬は常時、全プレイヤーに公開されていた。

＝＝＝＝＝＝＝＝＝＝＝＝＝＝＝＝＝＝＝＝＝＝＝＝＝＝＝＝＝＝

〈難易度〉	〈名称〉	〈報酬〉	〈説明〉
第一魔王	ロデラ	魔具：時遡玉	任意の一名が時を遡行できる
第二魔王	ラファンダル	魔具：生命の雫	死亡した任意の一名を蘇生できる
第三魔王	ノヴァアーク	魔具：魔媚薬	任意の一名を使用者に惚れさせる
第四魔王	アンディマ	〈非武装地帯〉	一部の地域を人間の安全地帯とする

魔公爵　ワウカリ　　魔装：筋肉鎧　攻撃力が大きく上昇する装備品

魔公爵　デスポトロ　魔具：反射石　一度だけいかなる魔法も反射する

魔公爵　ミシュラオ　魔法：ブラスト　光属性の強力な攻撃魔法

（省略）

魔公爵　ディミト　　バス：首22　首都圏のバスを一ルート開通する

＝＝＝＝＝＝＝＝＝＝＝＝＝＝＝＝＝＝＝＝＝＝＝＝＝＝＝＝＝＝＝＝＝＝＝＝

難易度は魔王ランクが最上級で四体の魔王が設定されていた。

しかし、ジサンはあまり興味がなかった。当初は、興味がないこともなかった。ジサンが通常のボス攻略に興味を失った理由は主に二つだ。

一つは、ボスは捕獲対象外であったこと。彼の最大の愉悦はモンスター図鑑を埋めることであったのだ。

もう一つは、ダンジョンの外に出るのが少々、億劫であったことだ。ダンジョンから抜け出すのは専用のアイテム〝ダンジョン・エスケープ〟により容易であったが、戻ってくるのはそれなりに大変である。

外で善良なプレイヤー達が人類解放のために戦っている時分、ジサンの中ではモンスターの配合がブームとなっていた。

モンスターの配合は彼にとって素晴らしいシステムであった。モンスターボックスは各種族に対して一枠の固定枠があるが、余剰のモンスターを入れる枠は五〇〇しかなかった。ジサンはテイムを始めて五日程度で余剰枠を使い果たしてしまい、以降は余ったモンスターは逃がすということをしていた。配合が可能になったことでモンスターを無駄にすることなく、さらにレアなモンスターを手に入れることができるようになり、ジサンのモンスター収集の生産性は飛躍的に向上していた。

配合により生成されるモンスターは掛け合わせる種類と運による要素の半々くらいであった。ハズレがかなり多いものの数打ちゃ当たる期待感もあり、彼の就寝前の日課になっていた。

彼は試行を重ねることで、ある程度の法則を発見した。

同ランク同士の配合をすると、稀に上のランクのモンスターが生成される。

例えば、CランクとCランクのモンスターを配合すると、多くはCランク、一〇回に一回くらいの頻度でDランク、一〇〇回に一回くらいの頻度でEランクのモンスターが生成された。

逆に違うランク同士のモンスターを配合しても、上のランクのモンスター以上のモンスターが生成されることはなかった。

従って、基本的に同ランク同士のモンスターを配合していくことが効率的であった。

配合ができるようになっていた頃、ジサンはすでにランクI、J、K辺りまで野良モンスターをテイムできるようになっていた。配合により、ジサンはこれまで入手したことのなかったランクL以上のモンスター三体を手に入れた。

＝＝＝＝＝＝＝＝＝＝＝＝＝＝＝＝＝＝＝＝＝＝＝＝＝＝＝＝＝＝＝＝

メテオ・グリフォン　ランクM
ブルー・ドラゴン　ランクL
フェザー・スライム　ランクL

＝＝＝＝＝＝＝＝＝＝＝＝＝＝＝＝＝＝＝＝＝＝＝＝＝＝＝＝＝＝＝＝

ランクMとは外の世界のボスでいうところの魔王ランクの一つ下である魔公爵クラスに匹敵するレベルであった。

（AIが作ったゲーム、なかなかハードだな……未だ、一つのダンジョンすらクリアできずか……潜れば潜るほど、モンスターもより強力になっていくし……）

しかし、当の本人はこのように思っているのであった。そんな頃、新たな転機が訪れる。

〝クラス：テイマー〟へのクラスチェンジが可能となる。

クラス：テイマーの固有特性〝魔物使役〟により、モンスターを一匹、連れて戦えるようになったのだ。

魔物使役により、ジサンのダンジョン攻略はより効率的なものとなっていた。単純にソロに比べて手数が二倍になり、ターゲティングされるリスクも半分に分散されるからだ。魔物を使用することのメリットとして、通常の仲間と戦う場合に行われる経験値分配が行われないようであった。仲間と戦ったことのないジサンはこの事実には気づいていなかったが、これが本人の成長を事実上、倍加させていた。

ジサンは大型のモンスターは何となく邪魔なので、小型のモンスターを好んで使用していた。多くはスライム系や悪魔、妖精といった人型のモンスターを重用していた。

モンスターも戦闘に出すとレベルが上がり成長する。しかし、経験値による成長よりも新型のモンスターをテイムし、配合する方が、より高効率で強いモンスターを得ることができたため、一体のモンスターを長く使うことはあまりなく、次々にモンスターを入れ替えていった。

また、本人もテイマー以降も魔物使役を引継可能なクラスをいくつか転々としながら、レベルを上げていった。

ゲーム開始からひたすら地下ダンジョンに潜り続け、八七階層まで到達したジサンは上級職のユニーク・クラスを獲得する。

■ジサン
レベル：94
クラス：アングラ・ナイト
クラスレベル：0
HP：2040　MP：304
AT：659　AG：712
魔　法：フルダウン
スキル：魔刃斬、自己全治癒
特　性：地下帰還、魔物使役、
　　　　魔物交配、状態異常耐性

アングラ・ナイトの特徴として、ダンジョンの自己が到達した最下層までの移動が可能となる特性〝地下帰還〟がある。これでジサンが外の世界に出ない理由であった〝元の階層に戻るのが大変であるから〟は解決された。

クラス名に惹かれてとりあえずアングラ・ナイトになってみたものの、ジサンは特段、外の世界に用事はなかったため、その後もしばらくは地下帰還の特性を使用することはなかった。

アングラ・ナイトのクラスを得た頃、ジサンは珍しく来ていた通知を確認していた。

（第四魔王：アンディァマ……討伐されたか……）

世間では初めて魔王クラスのボスが討伐されたらしい。

（月丸隊……ツキハ……勇者）

魔王クラスを倒すとパーティ名、パーティメンバー、クラスが公開されるらしい。

（……勇者とは……渋いなぁ……）

魔王討伐のパーティが使用していたクラスは、彼にとっては一昔前に選択を迫られたクラスであった。そのためジサンにとって、魔王討伐のプレイヤー達は上位のクラスを使用しない渋いプレイヤーに映っていたのであった。

第四魔王：アンディァマの討伐が報されてから三か月経過した。ダンジョンは地下九〇階層を越えると難易度は急激に上昇していた。一階層の攻略に一か月の期間を要するのもざらになっていた。ジサンの目下の目標は九二階層の攻略であった。

午前三時。その日もジサンは探索を終え、キャンピングツールの中で休息に入っていた。

アングラ・ナイトがクラスレベル10で習得した特性〝巣穴籠り〟により、約五分の時間を要することで、ダンジョンのどこにでも安全な地下キャンプを作製することができた。このスキルにより、わざわざ生活施設に戻らずに翌日も探索を再開することができ、非常に重宝した。

アングラ・ナイトは地下探索に便利なスキルをいくつか習得できるようで、ジサンはとても気に入っていた。なお、ダンジョン内部は攻略の妨げになる生理現象はAIの謎技術により制限されており、その点の心配はせずに済んだ。

（さて、今日はいいモンスターは生まれるかな……）

夜間の休息時間はすなわち、彼の密かな楽しみ……モンスター配合の時間である。


＝＝＝＝＝＝＝＝＝＝＝＝＝＝＝＝＝＝＝＝＝＝＝＝＝＝＝＝＝＝＝

ダーク・フェアリー　ランクP
ゴッド・ゴートン　ランクP
フェアリー・スライム　ランクO
ライトニング　ランクO
ギダギダ　ランクO

＝＝＝＝＝＝＝＝＝＝＝＝＝＝＝＝＝＝＝＝＝＝＝＝＝＝＝＝＝＝＝

ジサンが現在所持している最高ランクのモンスターは二体のランクP、三体のランクOであった。

その下のランクNのモンスターはこつこつと貯めて、五〇体ほど所持していた。

（Nランク同士でいくか……）

ランクNであれば、上手くいけば野良でもテイム可能である。まずはセオリー通りランクN同士の配合でランクO、ランクPを狙っていく。

（今日はとりあえずランクPが一体出るまでやるか……）

■一回目
ブリザード・ファング（ランクN）×ガイアックス（ランクN）
↓グランド・スフィア（ランクN）

■二回目
ナイーヴ・ドラゴン（ランクN）×エンペラー・シザー（ランクN）
↓センシティブ・ドラゴン（ランクN）

■三回目
グランド・スフィア（ランクN）×センシティブ・ドラゴン（ランクN）
↓ナイーヴ・ドラゴン（ランクN）

（……またナイーヴ・ドラゴンか……まぁ、もう少しやれば良いのが出るかな……）

…………………

…………

……

五〇体のランクNモンスターがいれば、一回の配合で一体ずつモンスターが減っていくため結局、四九回の配合を行うことができる。

最初は四九回もやるつもりはなかった。

しかし、今日に限って、一体もランクOやPが出現しなかった。

これが最後……もう一回やれば出るだろ……というガチャの魔力にことごとく敗北したジサンはついに四九回目。

■四九回目

ジクー・ドラゴン（ランクN）×スライム・ヒロイン（ランクN）

（……本日、最高の組合せだ。これで出ないならクソゲー……おりゃっ!!）

［ナイーヴ・ドラゴン（ランクN）が生成されました］

（…………………うがぁあああああ!!）

ジサンは一人、頭を抱える……
運が悪い日は当然、これまでもあった。しかし、こんなに運が悪い日は流石に初めてであった。
（…………こ、こうなったら……）
ジサンは血迷う。今でこそ現時点での最下層到達プレイヤーであるが、元はただの自殺志願のコミュ障。そんなおじさんは衝動を抑えることができなかった。

ダーク・フェアリー（ランクP）
ゴッド・ゴートン（ランクP）
彼の所有する最高ランクの二体。
（さ、流石にもったいない……い、いや、仮に失敗してもランクPより下にはならない……）

［配合を実行しますか？］
［はい　いいえ］

（やっちまえ!!）

ジサンはやけくそ気味に〝はい〟を押す。

【サラ（ランクS）が生成されました】

（えっ……S？　P、Q、R……エス!?）


その時、普段の配合と異なり、光エフェクトが発生する。

そして、ジサンの目の前に小柄な女の子が出現するのであった。

女の子は一三〇センチくらい。肌はやや褐色、髪は白銀で肩くらいの長さ。スレンダーな割に出るところは出ている。赤い瞳に、やや小さいが山羊のような二本の角が頭部に生えている。露出度の高いエキゾチックな衣装、何より小柄なわりに目を奪われるような美しい容姿をしていた。

ジサンは驚き、尻餅をついてしまう。

しかし、その女の子は尻餅をつくジサンの前で、地面にぺたんと座り込んだ状態から跪くように姿勢を変える。

「我はサラ――魔族の者」

（………………しゃべった）

「召喚に従い……貴方にこの身、この心、全てを捧げます」

2章　ランクSを野に放つ

ジサンは硬直する。

頭が真っ白になっているのだ。何しろ、会話そのものがダンジョンに潜って以来初めてであった。

「マスター……？」

サラは、尻餅をつき硬直するおじさんの顔を不思議そうに覗き込む。

「あ……あ……ぁ……」

ジサンはまるで脳に電極でもぶっ刺されているかのように五十音の最初の言葉を発する。

「……っ！　い、いきなり大胆ですね……で、ですが……承知しました。マスター！」

サラはジサンの言葉をどう解釈したのか不明であるが、突如、ジサンに接近し、その細い指で手早くおじさんパジャマのボタンを一つ、はずす。

「っ……!!　ちょ、ちょっっっと待って！」

ジサンはその衝撃で言葉を取り戻す。

「あ、はい……失礼しました」

そう言うと、サラは素直に離れる。

「ちょ、ちょっと状況確認するから、そこで待っててくれ」

「はい！　マスター！」

サラはちょこんと正座する。

ジサンはまずモンスター図鑑を確認する。

（サラ……Sランク……確かに載っている……）

これまで所有モンスターの中でPランクが最高であったため、図鑑上は大量の空欄があり、その中でポツリと〝サラ〟だけが表示されている。

PランクとPランクの配合で一つ上のQランクが出る確率は10％。

二つ上のRランクが出る確率は1％。

Sランクは0．1％。つまり、一〇〇〇回に一回……だが、ジサンの体感としてはもっと低かった。

いずれにしても天文学的数値というわけではないが、初めてのPランク同士の配合でそれが起こるのがかなりの幸運であることは間違いない。ジサンは恐る恐るサラの詳細ページを確認する。

（ユニーク・シンボルだと!?）

サラのページには〝ユニーク・シンボル〟とだけ書かれ、モンスターそのものの説明は一切、記載されていなかった。

（……なるほど……で、何でこいつはキャンピングツール内で具現化してるんだ……）

使役対象にしていたダーク・フェアリーを配合の素体としたため、配合直後、サラが使役対象になっているのは仕様通りであることはジサンも理解していた。しかし、キャンピングツール内ではこれまでのモンスターはAIが作り出した謎空間に転送され、その姿を消していたのだ。

（……とりあえず喋るとかマジ勘弁なので、少し引っ込んでいてもらうか……）

ジサンは一体限定である使役対象をサラからナイーヴ・ドラゴンに変更する。

（…………）

「…………っ！」

ジサンが何の変化も起こらない自称魔族を訝しげに眺める。サラはそれを見て、恥ずかしそうに視線を逸らし、頬を染める。

（なんで消えねえんだよ!!）

ジサンは頭を抱える。

「…………」

ジサンは再度、サラの方を確認する。サラは不思議そうにジサンの方を見つめ返す。

「っっっ」

（ダメだ……！　俺にはこんな澄んだ瞳をした子、育てられねえ……！　この子には悪いが……これはきっとこの子のためだ……）

［本当に〝サラ〟を逃がしますか？］

［はい］

「…………」

「あの…………」

「はい！」

サラは正座をしてニコニコしている。

「あの…………ど、どうしたの？」

「えっ……？　何がでしょう。マスター」

「え、えーと…………ごめん、君のこと逃がしたんだけど……」

「えっっっ!?　私、逃がされちゃったんですか!?」


（逃げるしかねえ……）


午前六時。ジサンは夜逃げならぬ朝逃げを決意する。

逃がしたのにキャンピングツールに居座り続けるサラは、あどけない顔でスヤスヤと眠っている。

（俺に子育ては無理だ……）

その寝顔に後ろ髪を引かれつつもジサンの決意は固い。

（しかし逃げるったってどこに……外に行くのは…………駄目だ。まぁ、この迷宮のどこかに逃げれば大丈夫だろ……）

ジサンはすっかりダンジョンの引きこもりになっていた。

ダンジョンを出ることに恐怖すら感じていた。そのため、アングラ・ナイトの特性〝地下帰還〟を初めて使用する。地下帰還は自己到達の最下層までならどの階層でも自由に移動が可能であった。

ジサンは適当に三〇階層へと逃亡を図る。


ジサンはワープするように、一瞬で移動する。彼は知らなかったのだが、カスカベ外郭ダンジョンで地下帰還を使用した場合、その階層の生活施設に到達するのであった。

「あっ……どうもこんにちは！」

「あっ……はい……」

（うわっ…………人がいる……）

ワープした先には四人の先客がいた。それは他のダンジョン攻略プレイヤーであった。他のプレイヤーがいることは、当たり前と言えば当たり前であるのだが、ジサンは久しぶりに接した普通の人間に驚いていた。サラとの会話がなければ、恐らく〝はい〟という言葉すら発することができなかっただろう。

「ど、どうやって来たんですか⁉」

しかし、驚いていたのはジサンだけでなく相手も同じであった。ダンジョンの途中階層への通常移動手段は用意されていないからだ。

「あっ、特性利用です」

「そ、そうですか。便利な特性ですね」

特性と言えば、大抵のことは納得してもらえるようであった。

「って、あれ？　小嶋くんじゃない？」

唐突に、女性が声をあげる。白地にパッションピンクの模様があしらわれ、胸元の開いた大人びた騎士風スタイル。肩ぐらいまでのミディアムヘアの女性である。

ジサンの心臓が跳ねる。

勿論、相手も経過した年月の影響は受けている。故に多少の劣化は見られるもののそこには、高校時代、ジサンが人生で唯一、交際した女性……地味系ゆるふわ女子であった茂木彩香《もてぎさいか》がいたのだ。

交際したといってもそう思っていたのはジサンだけで、茂木彩香は罰ゲームにより贖罪していただけ……ジサンはそう認識している。

〝罰ゲームだよ？　ごめんね……でも普通、気づくよね？〟

とは、彼女がジサンの疑心暗鬼な性格を最大強化《フルバフ》してしまったまさに魔法の言葉だ。

「あ、あっ……茂木さん……」

「本当に小嶋くんかぁ。久しぶりだね」

「あ、はい……」

茂木彩香は可愛らしい顔をしていた。流石に四〇にもなればゆるふわ女子というのは失礼かもしれないが、大人の女性になってはいるものの、その面影は残っている。

高校時代、茂木彩香は黒髪の地味めな印象で、ジサンは密かに憧れていた。だが、地味めの女の子というのは、人気だ。茂木彩香は当時、それを理解していたのだ。所属していたグループはしっかりクラスの一軍であったというわけだ。

そんな一軍軍団のささやかな遊びにジサンは全面的に踊らされてしまったというだけの話だ。

「ん……？　サイカの知り合いか……？」

茂木彩香……プレイヤー名：サイカのパーティメンバーが確認する。

「そうそう……えーと、高校時代の……クラスメイト……」

「へぇーー、こんなところで出会うってすごいね」

「そうだねーー」

サイカはニコリと笑う。

「へぇー、でも小嶋くん、結構いい装備してるねぇ」

「そ、そうですか……」

「うんうん、それで、そのかわいい子が小嶋くんのパーティメンバーかな？」

「えっ!!?」

「…………」

ジサンはサイカの目線の先、斜め後方を振り返る。

「…………」

さも当然のように山羊角少女がそこにいて、ニコニコしている。

「お、お前……なぜここに⁉」

「……？　どういう意味です？　マスター」

（どうやって付いてきたのか……この際、手段のことは後回しにするとして、こいつ……根本的に置いていかれたことに気付いていない……！）

「小嶋くんのお子さんかな？」

「え……い、いや……」

「でも……そのかっこうは……」

どうかと思うよ？　茂木彩香が濁した言葉はきっとコレだろう。

サラの装いは露出度が高く、児童に好んで着用させているのであれば、それは道徳観の欠如が疑われるのは至極当然であった。

（…………最悪だ）


その後、話を聞くと、茂木彩香は現在、〝リリース・リバティ〟と呼ばれるクランに所属しているらしい。クランとはプレイヤー同士のコミュニティのようで、クランに所属するプレイヤー同士が協力しあいながらボスの攻略などを行っており、今もその活動中であった。

茂木彩香のパーティは本人を含めて、四人構成であり、彼女以外は男性であった。一人は特徴的なバンダナをした体格の良い男、残りの二人は魔法使い風のローブを羽織っていた。騎士風の茂木彩香とバンダナが前衛、残りの二人がサポートやヒーラーをしているのだろうと、ジサンにも何となく予想がついた。

ジサンも自身がこれまでパーティを組むこともなく、ずっと一人でプレイをしていたことだけを簡単に伝えた。

サラについては〝さっき会った人〟という苦しい説明をする。この状況を上手く誤魔化せるならジサンは人付き合いに苦労したりはしないだろう。

「ねぇ、せっかくだから今日だけ小嶋くんとパーティ組んでもいいかな？」

（え……）

茂木彩香が自身のパーティメンバーに対して唐突に確認する。

「え？　マジか？」

そのパーティメンバーも少し戸惑うように聞き返す。

「本当に！　ねっ、いいでしょ？」

茂木彩香がウインクする。

「……おーけー」

パーティメンバーは妙にすんなりと納得する。

（いや、待て……俺の意見は……）

「さ、小嶋くん……行こうよ！　少しこの三〇階層を探索するだけだからさ……」

「え……？」

「………本当は私……あの時のこと後悔してるんだ……」

茂木彩香が耳元で囁くように言う。

（え……？　え……？）

結局、ジサンは押し切られてしまうのであった。


「さぁ、出発しましょう！」

「は、はい……」

茂木彩香の音頭で、ジサンは生活施設からワープし、三〇階層のダンジョンへ突入する。

「っ!!　きゃぁあああああ！　ど、ど、ど、ドラゴン!?」

茂木彩香はダンジョンに着くなり突如、大声をあげる。何やらジサンの後方を見つめている。

（ん……？　あっっっ!?）

「ガウゥウ」

（ナイーヴ・ドラゴォォォン!!）

ジサンはサラをボックスに送り帰すためにナイーヴ・ドラゴンを一時的に使役対象にしていたのをすっかり忘れていた。生活施設から出たことをきっかけにナイーヴ・ドラゴンが具現化したのだ。ナイーヴ・ドラゴンは超大型というわけではないが、それでも体長四メートルと両翼を持っており、ナイーヴ（純粋な）という意味通り、典型的なドラゴンの姿をしており、それなりに風格がある。

「な、な、何でドラゴンがこんなところに!?」

茂木彩香は恐怖で顔が強張っている。

「ちょっ！　おまっ！　何で出て来てん！」

ジサンは焦って、自身に非のないナイーヴ・ドラゴンに苦言を浴びせてしまう。

「がっ、ガウぅぅ……」

ナイーヴ・ドラゴンは幾分、しゅんとした鳴き声を発する。

「マスター………ナイーヴ・ドラゴンは結構ナイーヴ（繊細）です」

「!?」

まるで自分みたいじゃないか……ジサンはナイーヴ・ドラゴンに多少の親近感を感じつつも、茂木彩香にどう言い訳するかに脳内の全勢力を傾ける。

「……安心してください……彼はポキモンです」

世界的に有名なモンスター育成ゲーム……ポキポキモンスター。大きく間違ってはいないが、言い訳にはなっていなかった。

◆

ジサンは使役対象を〝なし〟に設定し、ナイーヴ・ドラゴンをボックスに戻す。

「ガウぅぅ……」

ナイーヴ・ドラゴンはどこか申し訳なさそうな鳴き声をあげながらその場から消失する。

「え、えーとですね……テイマーというクラスがありまして……テイムしたモンスターを使役することができ……ます」

ジサンは取り繕うように茂木彩香に説明する。

「へ、へぇー、て、テイム武器があるのは知っていたけど、テイマーのクラスがあるのはクランでも聞いたことがなかったよ……」

茂木彩香は未だ驚きの余韻を残しつつもジサンの言葉に反応する。

「ちょっと特殊なクラスなん……ですかね……」

「そ、そうだね……小嶋くんって昔からちょっとマニアックっぽいしね！」

「………」

茂木彩香に悪気はないのだろうが、マニアックっぽいという印象を持たれていることにジサンは少し傷つく。

「ま、まぁ……ナイーヴ・ドラゴン……あんな見た目ですが、大したことないですから」

大したことない（ジサンにとっては）。

「そ、そうなんだ……」

「えぇ、それこそ、その辺のスライムと同じくらいですよ」

その辺（九二階層）のスライム。

「へぇー、ちょっと意外だね」

ジサンは相手の立場で考えるのがあまり得意な方ではない。こうして重大な認識相違はいとも容易く発生するのであった。

「それじゃ、小嶋くん、少し奥を目指して探索してみようか！」

「あ、はい……」

こうして、茂木彩香とジサン、そしてチョロチョロと付いてくるサラのダンジョン探索が始まる。


「あ、トレジャーボックスだ！」

ダンジョンを探索していると、茂木彩香がトレジャーボックスを発見する。トレジャーボックスには比較的、レアなアイテムが入っていることが多い。

「えーと……」

「……どうぞ」

「ありがとうー！」

茂木彩香は最初こそ遠慮のような姿勢を見せるが、ジサンが譲ると、ニコリと微笑み、すぐにアイテムを拾った。茂木彩香はジサンが男の見栄を張っているのだろうと思っていたかもしれないが、実際のところジサンにとって三〇階層のトレジャーボックスによる恩恵など必要なかったのである。

「それにしてもモンスター全然いないね」

「……そうですね」

茂木彩香の言う通り、今日はまだ一度もモンスターと遭遇していなかった。ダンジョン探索をしていてモンスターと遭遇しないなんてことはこれまでほとんどなかったため、ジサンも少しばかり不思議に思っていた。

「これなら思ったより早く到達できそう」

茂木彩香はマップを確認しながらそんなことを言う。

「ん……？」

「ううん、何でもないよ」

茂木彩香は何かを誤魔化すようにニコリと笑う。一方、サラは付いてきてはいるものの意外なほどに無暗に会話に入ってきたりはしなかった。

茂木彩香としばらく探索を続けていると、広めの円状の部屋に辿り着く。結局、ここまでモンスターとは一度も遭遇しなかった。

「何ここ……怖い……」

茂木彩香が呟く。部屋の向かい側、五〇メートル程度先には部屋の出口と思われる通路が見える。

「小嶋くん……ちょっと先を歩いてくれる？　私も付いていくから……」

「あ、はい……」

ジサンはちょっと面倒だなぁと思いつつも断り辛く、指示に従う。部屋の中央付近に差し掛かった時である。


「!?」


轟音と共に、地面から巨大な蜘蛛のような敵が現れる。

（…………リキオン？）

巨大蜘蛛の横にはリキオンというモンスター名とＨＰゲージが表示される。

（……見たことないモンスターだな。この階層の敵にしては手強そうだ……もしかしてボスか？）

「茂木さん……！」

（っ……！　って、あれ……）

付いて来ているはずの茂木彩香は部屋の入口付近で待機している。

そして悟る。

（……あぁ、やっぱりか…………俺はまた……騙されたんだな……）

対峙するは魔公爵リキオン。魔王に次ぐ、高難易度の大ボスであった。茂木彩香達はギルドにて、このボスの討伐クエストを受注しており、ターゲットの位置を把握していたのだ。だから、ジサンをこのボスのところに誘導した。

しかし、茂木彩香がジサンに期待することはこのモンスターの討伐ではなく、このモンスターに敗北……つまり、死亡することであった。

プレイヤーが死亡すると、持ち物や装備品の一部をドロップする。プレイヤーが死亡した現場を見たことがないジサンがそれを知っているはずがなかった。パーティは登録しなければ成立しない。それすらもジサンは知らなかった。

茂木彩香は学生時代からの世渡りの上手さでクランの幹部候補にまで上り詰めた。しかし、クランには厳しいノルマ制度が敷かれていた。多くの装備やアイテムを納品すれば幹部になれる。幹部になれば甘い蜜だけを吸うことができる。そんな仕組み、そして〝呪いをかけた彼に対する因縁〟が彼女に道を踏み外させたのかもしれない。

「ごめんね……小嶋くん……でも普通、気づくよね？」

リキオンに襲撃されるジサンを見つめながら茂木彩香はそんなことを呟く。ジサンは声こそ聞こえなかったが、口の動きでなんとなく何を言っているのかがわかった。

（……俺の人生……いつもこれだ……！）

ジサンの心の中で何かが崩壊しそうになる。

（……ちくしょう……何でだよ……ちくしょう……！）

そんな時、ふいに小さな声が耳に入ってくる。

「……私がいるよ……マスター……」

「っ⁉」

リキオンに襲撃される刹那……当然のように傍らにいた変な娘の微笑みがジサンの眼に妙に強く焼き付いた。


「スキル：支配」

（っ……!?）

リキオンがジサンに初撃を加えようとする。その時であった。サラが呟くようにスキル名を口にする。と、同時にリキオンはジサンへ向けていた凶悪な大爪をサラへと向ける。

金属がぶつかり合うような音が円状の広間に響き渡る。それはリキオンの攻撃をジサンが剣で防いだ結果であった。

「ま、マスター……？」

実際のところ、ジサンにとってもサラにとってもリキオンの攻撃など取るに足らないものであったかもしれない。言ってしまえば意味のない無駄な行動であるが、結果的に、二人は、お互いに庇い合う。

サラが誕生したその瞬間からジサンへ抱いていた忠誠心の正体はジサンのこの行動にあった。ジサンは鴨が生まれて初めて見たものを親だと思い込む……いわゆる〝刷り込み〟と呼ばれる現象の類だろうと考えていたが、そうではなかった。

ジサンは無意識だったのか、心のどこかで意識していたのかは本人にも不明瞭であったが、終始、使役したモンスターを可能な限り、護り、傷付けないような立ち回りを続けていたのだ。

ＡＩがモンスター達に心を宿したのか、それはわからない。しかし、モンスター達は確かにジサンの姿を見ていた。例え、配合されたとしても、その思い、その感情に近しい何かは脈々と受け継がれていた。

サラは言葉が使えた。だから顕在化したというだけだ。

それまでもモンスター達はジサンへの惜しみない感謝と忠誠心を抱いていた。


「スキル：魔刃斬」


口に出す必要はない。実際、今まで一度も口に出してなどこなかった。だが、その時、ジサンは不思議とそのスキル名を言葉にしていた。

魔刃斬は単なる強力な斬撃だ。ジサンは剣を右下から左上に掬い上げるように振り抜く。

「えっ……」

思わず声をあげたのは茂木彩香であった。

「グギャアアアア゛アアア゛アア」

耳に入ってくるのはリキオンの呻き声。

目に映るのは一瞬にして吹き飛ぶＨＰゲージ。

そして、真っ二つに分割された巨大蜘蛛の肉塊であった。


「うそ……うそ……有り得ない……魔公爵を一撃？」

彼女の動揺は至極、真っ当なものであった。通常、魔公爵とは上級者、四人でパーティを組み、綿密な連携の元、小一時間かけて倒すものである。

「一旦、どんなカラクリを……」

彼女が何らかのチートを疑うのはむしろ自然かもしれない。しかし、カラクリなどなかった。純粋な数値差の暴力であった。

簡単なファンファーレが流れる。リザルトが表示され、ボス討伐の報酬が表示される。

【首12　首都圏のバスを一ルート開通する】

（…………）

ＡＩに支配されて以降、交通手段は極端に制限されており、上位ボスを倒すことで少しずつ開放されていく仕組みとなっていた。地上に行く予定のないジサンにとっては全く無用のものであった。

「お見事です。マスター……」

「あぁ……」

讃えてくれるサラに、ジサンは自然に応えることができていた。

「す、すっごーい！　小嶋くん！」

離れた場所にいた茂木彩香が何事もなかったかのようにジサンを賞賛する。

（…………）

厚顔無恥とはこのことだ……と心の中で思うが、ジサンは何もしない。もはやどうでもいいと思えたのだ。

「貴様……どの面下げて……！」

「止めろ、サラ」

「っっっ……！　はわぁあああ！」

（え……）

サラは両手を頬に宛がい、愉悦の表情を浮かべる。

「マスター……！　初めて私の名を……！」

（え……？　そうだったか……？）

「茂木さん、すみませんが、パーティは解散です」

「えっ……」

「もう二度と会うこともないでしょう……」

「っ!!」

「では……」

それだけ言って、ジサンは〝地下帰還〟を使用する。

彼の元いた九二階層へ。

ジサンの人生にある種の呪いをかけた茂木彩香に対し、どうでもいいと思えたことは、彼の中にあったモヤモヤした何かをいくらか取り払った。


（…………）

九二階層の生活施設《ベースキャンプ》に戻ったジサンは自身の背後に山羊娘の姿を捉える。

（…………やはりいる）

だが、少しだけ安心してしまった自分がいることをジサン自身も否定できなかった。

「どうして逃がしたのに？　お前は野良モンスターに戻ったんじゃないのか？」

「あ、はいっっ……！」

ジサンに急にまとまった長さの言葉を投げかけられ、サラは少しだけ驚いたような姿を見せる。

「えーと、確かに野良モンスターになりました。故に行動は自由です」

「なるほど……その……もう一度、テイムすることはできるのか？」

「っっっ！　何と有り難いお言葉……！　私のような若輩者を今一度、マスターの従者として仕えさせていただけるなど光栄の至り、感激の極っ……」

「わ、わかった！　それはいいから結論を教えてくれ」

「あ、はい…………その……大変恐縮で身を裂くような思いではございますが、現在のマスターのテイム武器では私をテイムすることは……」

「……そうか」

ジサンは自身の衝動性を後悔する。

「で、ですが！」

（……ん？）

「幸いなことに、私には、〝プレイアブル権限〟が付与されています」

「プレイアブル権限？」

「はい！　つまりプレイヤーとして立ち振る舞う権利です」

「……お、おう……」

「な、なので……マスターさえよければですが……私とパーティを組んでいただけないでしょうか？」

サラは緊張した様子でジサンに伺いを立てる。


彼女がパーティとなることを承諾してくれた〝おじさん〟はイビキをかきながらも気持ちよさそうに眠っている。

普段はひたすらに最下層を目指すジサンであるが、久しぶりの出来事に疲れたのか、二人きりで貸し切りの生活施設《ベースキャンプ》で昼寝をしてしまったようだ。

「すぐに戻ってきますね……マスター」

サラはそう呟くと一人、生活施設を後にする。


茂木彩香には二つの選択肢があった。

一つは、ダンジョン脱出アイテム〝ダンジョン・エスケープ〟を使用する。

もう一つは、仲間がいる生活施設まで自力で戻る。

ダンジョン・エスケープは使用すると地上まで戻ってしまう。必死の思いで三〇階まで進んできたのが、無になってしまう。

この階層にはモンスターが出現しなかったし、きっと大丈夫だ。その楽観視が彼女を苦難に陥らせていた。

「……くそっ！　何でこんなにいるの!!　やばい……」

茂木彩香のＭＰ及び回復アイテムは底を突きつつあった。ダンジョン脱出アイテムは使用時に多少の時間を要する。今にして思えば、ジサンと別れた直後、あのボス部屋で使用するのが最後のチャンスだった……という後悔が頭を過る。

が、その時、突如、モンスター達が茂木彩香から逃げていく。

た、助かった……運がいい……！　早く脱出アイテムを……彼女がそう思ったその時、何かがヒタヒタと近づいてくる。

薄暗いダンジョンの奥から紅い瞳が二つ、ぼんやりと浮かび上がる。

「ひっ……!!」

その存在の脅威的な威圧感に茂木彩香は身体の動かし方を忘れる。


って、よく見ると小嶋くんと一緒にいた……

茂木彩香は自身が恐怖を抱いていた対象が先ほどまでジサンと一緒にいた子供であると認識し、安堵する。なぜ自分はこんな子にあんなに恐怖を覚えていたのかと急に恥ずかしくなる。

「お嬢ちゃん、どうしてこんなところに？」

茂木彩香は呑気に質問する。


「えーと、殺そうかなと思いまして」

サラはニコリと微笑むように言う。

「っっっ……!?　お、お嬢ちゃん、な、何を……？」

「マスターに害を及ぼす因子は消しておく方がいいんじゃないかって思ったのです」

少女は淡々と物騒なことを言う。極めて不気味ではあるが、茂木彩香は自分が生命の危機に瀕していないという理由《いいわけ》を本能的にいくつか見出す。


子供の戯言だ。殺すという意味をわからずに言っているだけ。

(本当にそうだろうか？　妙にその言葉が本気であるように思えた)

もしそうでないとしても、自分がこんな子供に負けるはずがない。

(本当にそうだろうか？　この少女からは底知れぬ威圧感を感じる。だからこそ先刻、恐怖を覚えた)

もしそうでないとしても、プレイヤー同士の攻撃は不可能…………

これだ！　何だ、よかった……何を動揺しているのだ。絶対に大丈夫じゃないか。

前の二つが否定されたとしてもこれだけはゲームに設定された絶対のルールだ。ゲームのルールは良くも悪くも絶対に否定されない。

「お嬢ちゃん、知ってるわよね？　プレイヤー同士は攻撃ができないのよ？」

「知ってるよー、でも我は元々、モンスターだし」

「っ⁉」

そんな馬鹿な……言葉を解するモンスターが⁉　茂木彩香は知らなかった。実際には、魔王ランク以上のモンスターには言葉を解する者も珍しくはない。ただし、それを知ることができるプレイヤーはほんの一握りであったのも事実だ。

「そ、そんなわけ……」

「まだ、信じられないかな？　でもさ、ほら、これを見てごらんよ」

茂木彩香は言われるがままにサラが指差すものを見る。そこには幾重にも重なるように表示されたHPゲージがあった。このような表示のされ方をするのはボスモンスターだけだ。それも、ゲージ数が尋常でない。

それもそのはずだ。茂木彩香の目の前にいる少女は他ならぬ、徘徊型ユニークシンボル　ボスランク：大魔王〝サラ〟であったからだ。

「プレイヤーになるとHPは減っちゃうんだけどね。その代わり回避行動権限が付与されるけど」

サラが何か言っているが、茂木彩香の耳にはほとんど入っていなかった。いよいよ本格的に生命の存続が絶望的であることに気づき、内臓がざわつき、呼吸が荒くなる。

「な……何で……こんな……ことを……？」

「何でって………罰ゲームだよ？　ごめんね……でも普通、気づくよね？」

「っっっ………!!」

「安心してください……一番痛いのにしておきますから」

「…………や、やめ」

「それじゃ、バイバーイ」

サラが掌を茂木彩香に向ける。茂木彩香は全身が強張り、立ち方を忘れてしまったようにその場にへたり込む。

それまでニコニコしていたサラの顔つきが無表情になる。

「ひっ……ひぃい……」

茂木彩香は恐怖のあまり、失禁する。

サラから放たれた漆黒の闇《ひかり》が茂木彩香を包み込む。

「い、いやぁああああああ゙あああ゙ああ」


「ああああ゙ああ゙あああ…………！　…………あ゙？」

「…………えっ、どうした、サイカ……」

「…………」

「えっ……ってか、ちょ……それ……どうした……？」

「っっ……!!」

茂木彩香は本来のパーティメンバーの待つ三〇階層の生活施設《ベースキャンプ》に転送されていた。

「……なんちゃって……冗談ですよ。殺しはしません。マスターがそれをしなかったのだから……よかったね。無事に仲間の元に帰れて♪」

サラは独り言を呟く。


こんな女で穢しちゃダメだよね。

なんたって、今日はマスターとパーティになって初めての夜があるのだから。

一人、テンションが上がっているサラであった。


翌朝、ジサンは他にやることもないので、ダンジョン攻略を再開しようと考える。サラはパーティメンバーとなったため、モンスターは別途、一体使役可能であった。

（少し騒がしくなりそうだな……）

ジサンは少々、未来に不安を覚えつつ、ふと、サラの方を見ると、何やら少し頬を膨らませていた。

（……何だ？）

据膳食わぬは何とやらですよ……マスター……！　などと思っているとは想像もつかないジサンは

……

（って、もしかして……この子は外の世界に行きたいのか？　俺は保護者として、この子に外の世界を見せてあげなきゃいけないのでは……？）

と、あらぬ方向に思考が向かっていた。

「サラ……」

「は、はい！　マスター」

「……ダンジョンを出るぞ」

「はい！　……って、え!?」

——二〇四一年七月

（眩しっ……暑っ……）

世界がゲーム化しても変わらなかったもの……太陽の光。

季節もあり、その強い朝日をジサンは久方ぶりに浴びる。なんとゲームが始まってから二年三カ月もの月日が経っていたのだ。

（って、なんだこれ……）

初めて使用したダンジョン脱出アイテムでワープした場所はカスカベ地下ダンジョンの入口。カスカベ地下ダンジョンの入口はまるで登山口のように賑わっていた。これからダンジョンに挑むのであろう武装をしたプレイヤー達が、ある者は希望に満ちた顔、ある者は不安そうな顔で出発を待っている。そのプレイヤー達の浮かれた気分に付け込むかのように行商人らしき人達が屋台を展開し、それなりに繁盛しているようだ。

（このダンジョン……こんなに挑戦者いたのか……？）

と、少し驚きながらもジサンはサラを連れ、そそくさとその場を離れる。

ダンジョン入口を離れると住宅街が広がっていた。

ダンジョン形成地域以外はそれ程、劇的な変化があるわけではないが、ＡＩは雰囲気作りを大切にしているのか、街は全体的に緑が多くなっている。目に付く違いとして、乗用車が走っていない。交通はかなり制限されており、ボスを倒すことで開放されるバスが主な移動手段となっていた。

ジサンは人の視線を感じ、あることに気づく。

（住宅街では皆、私服を着ている……！）

なお、街中にも頻繁ではないがモンスターが出現する。衣装についてはワンタッチで変更可能なため、ダンジョンに挑む時などを除いて、人々は私服で生活しているようであった。

仕方がないので、ジサンも慌てて私服へと変更する。やれやれ……と思ったのも束の間、先程よりも強い視線を感じる。

（……な、何だ？）

「マスター……マスターが着ている初期服は、かなりアバンギャルドなファッションのようです」

「な、なるほど……」

思えば、この白無地のTシャツに白無地の短パンという初期服のままダンジョンに潜り、以降はドロップ品の装備でやりくりしてきたからな……と振り返るジサンであった。

ダンジョンの生活施設《ベースキャンプ》で借りたパジャマも使えなくなっていた。どうやらダンジョン限定で使用できるもののようだ。

いや、仮に使えたとしてもパジャマはまずいだろ……などと考えながら、ふと先ほど助言してくれた少女の方を見る。

（…………いや！　それ以上にお前の服装がやばい!!）

まずは服を買わなければ……そう決意するジサンであったが。

（服ってどうやって買うんだ……!?）


「マスター……ここです！」

サラに連れられ、やってきたのはショッピングモール。

（サラに外の世界を……と連れ出してきたが、もしかして俺はサラより世間知らずなのでは？）

「サラ……お前っていつ生まれたんだ……？」

「ご存知の通り、生後三日です」

「ほ、本当か!?」

「えぇ……まぁ、勿論、データアーカイブと……あとは僭越ながら多少のＧＭ権限がありますので……」

（えっ？　データアー……なんて？　ＧＭ権限？）

ジサンはふと考える。そう言えば、こいつって何者なのだろうか。

アンドロイド？　ホムンクルス？　機造人間的な何かか？　魔族と言っていたが、あれは設定か？

（…………まぁ、何でもいいか）

サラの正体が何であっても、彼にとって現在、〝唯一の何か〟であることは確かであった。


「す、すまんが、自分で選んでくれないか？　無難なやつな」

「承知しました！　マスター」

女の子の服装を選ぶことなど不可能と判断したジサンはサラ自身に私服を選択させる。そして、ジサンはジサンなりに無難な服を買う。

（……余裕で服を買うだけの金がある）

ダンジョンに潜っていたおかげでモンスターがドロップする新通貨〝カネ〟がそれなりに貯まっていた。

ゲーム開始前、生きていくことのみが許される金しか持っていなかったジサンにとって、そこで生じた何とも言い難い感情は決して小さくなかった。

「マスター……こんな感じでどうでしょう？」

「っお……？」

ジサンが考え事をしている間にサラは自身の私服を選んだようだ。サラは薄手のパステルパープルのパーカーに黒いスカートという格好をしていた。ジサンはそれが年相応の格好であるのかはイマイチわからなかったが……。

「……悪くない」

ジサンにとって精一杯の褒め言葉であった。

「あ、ありがとうございます……」

ジサンの遠回しではあるものの〝褒め〟の要素を含む言葉を受けるとは想定していなかったのか、サラは豆鉄砲をくらったように目を丸くする。


「さて……帰るか……」

何とか最低限の私服を入手したジサンは帰ろうと考える。

「はい……！」

サラは非常に良い返事で答える。

（ん……？）

しかし、ジサンの中で一つの疑問が生じる。帰るってどこにだっけ？　家ってまだあるのか？

ジサンはゲーム開始直後、病院からカスカベ外郭地下ダンジョンに直行した。その後、今まで一度もダンジョンを出なかったのだ。そのため、自身の住居がどうなっているのか知らなかった。

（とりあえず戻ってみるか）


「あった……」

郊外にある１ＤＫの狭いアパート。そこがジサンの住まいであった。

「わー、いいお家ですね！」

「そ、そうか……？　狭いけど……」

「もちろんです！」

遠慮しているのか、それとも、あまり贅沢な性格ではないのか……とジサンは考察するが、見事に外れであった。

狭いお家の方が常にマスターとの物理的な距離が3メートル以内に……ぐへへ……

「そう言えば、家賃って払わなくていいのだろうか……」

ジサンはふと素朴な疑問を抱く。

「払わなくて大丈夫です。このお家はマスターの所有物ですよ」

と、サラが教えてくれる。チュートリアルの際に説明されていたのだが、ジサンはすっかり忘れていたのであった。

ゲームが始まった際、地位や金は効力を無くした。財産についても再分配が行われ、住居もその対象であった。ダンジョン地域に住まいがあった者には別の住居が提供された。土地や建物の構造などから価値が試算され、概ね同価値になるように人々に半ば強制的に分配される。多少の価値のブレが生じた分は、初期のカネの所持量により調整された。

ジサンの1DKのアパートはどうやら標準の範囲に入っていたため、そのまま分配されていたのだ。ただし、賃貸ではなく、ジサンの所有物となっているため家賃を払う必要はない。

しかし、ゲーム開始から一年もすれば商才のある者が不動産業を営み始め、結局、財産面での平等はそれほど長くは続かなかった。

「マスター、連れて来ていただき、有難うございます。今日から私達のここでの営みが始まるのですね！」

サラは感慨深そうに目を細めている。

「え？　あぁ……そうかな……」

そうはならなかった。

◆

「マスター……！　いい景色ですね！」

（………）

好天に恵まれ、車窓からは美しいリアス式海岸、そして、雲間から差し込む光で色合いを微妙に変える海《あお》、太平洋が望める。

今はこの海岸の少し先に不可視領域があり、日本から出ることはできない。外の世界はどうなっているのだろうか……などとジサンはふと思う。

「バスの中ではあまり燥《はしゃ》ぐなよ」

「はい……マスター」

車窓に張りついていたサラはシートに真っ直ぐと座り直す。

二人は、バスに揺られて、海沿いの道を行く。

ジサンとサラがカスカベ外郭地下ダンジョンを後にしてから二か月が過ぎていた。

ジサンは、サラが想定していた以上に外の世界を知っているようであったため、地下ダンジョンに戻り、一〇〇階層を目指そうかとも考えた。しかし、その際、ふとモンスター図鑑の低ランクがあまり埋まっていないことを思い出す。

地下ダンジョンの地下低層には、プレイヤーがいることが想定できたため、人にあまり会いたくなかったジサンはAやBといった低ランクモンスターのテイムを諦め、深部へ向かったのである。そのためカスカベ外郭地下ダンジョンには棲息していない、あるいは配合では生成できないモンスターもいるようで図鑑はかなり空白が目立っていた。そこで、ジサンはこれを機にカスカベ外郭地下ダンジョン以外のダンジョンにも進出することを決めたのである。

ジサンはカスカベに留まることはせず、北上する旅を始める。意を決して旅を始めた……というよりはイバラキ辺りまで進出すると戻るのが面倒になってきたのであった。

ウシク巨像ダンジョン、オオアライミリタリーダンジョン、ナミエ疾走ダンジョン、ザオウカルデラダンジョンなどが訪れたダンジョンの代表例だ。これらのダンジョンを周遊した結果、三日もあれば一つのダンジョンの隅から隅まで探索できることにジサンは驚いた。

そんなこともあり、ジサンはサラにカスカベ外郭地下ダンジョンがどこまで続くのかを訊いてみた。しかし、サラは平謝りしながらもプレイヤー時に〝秘匿度の高い攻略情報〟の提供は禁止されている旨を伝えてきた。

ジサンはこれに納得する。むしろ、普通のプレイヤーが知り得る一般的な情報は提供してくれたため、助かっていた。

いずれにしても、モンスター収集は極めて地道であった。一つのダンジョンで、新種は二～三匹。

一匹ということも珍しくはなかった。更にカスカベ外郭地下ダンジョンに比べ、レベルが低すぎるため、全ての敵を一撃で倒せてしまい、被ダメージは雀の涙、自身のレベルは全くという程、上がらなかった。

また、茂木彩香が言っていたように〝魔物使役〟の知名度はほぼ皆無であったようで、ジサンは目立ちたくなかったため、使役モンスターを使用するのも控えていた。

それでもジサンの中に憤りはなかった。

きっと日本中を変な山羊娘と旅するのが純粋に……

それはジサンが久しく忘れていた感情であり、まだ、その感情を上手く解釈することができなかった。

「マスター……このダンジョンは無数の小島があるようです。地図埋め《マッピング》が結構大変そうですね」

ダンジョン攻略時用衣装……露出控えめ、かつ動きやすそうな白いブラウス風の装備に、黒いスカートというスタイルのサラがメニューに表示されるマップを見つめながらジサンに話し掛ける。

「そうだな」

二人が本日、挑むはマツシマイニシエダンジョン。

カスカベ外郭地下ダンジョンは無骨な岩肌が続く、典型的なダンジョンであったが、他のダンジョンは必ずしもそうではなかった。地上ダンジョンは大地から空へと向かう階層構造となっており、各階層は緑豊かな森林となっていたり、メタリックな宇宙基地のようになっていたりと多種多様であった。

「ま、またここか……」

「まるで嫌がらせですね」

マッシマイニシエダンジョンは小島と小島の間をワープ床により移動できるギミックになっていた。しかし時々、トラップがあり、地下の小さな小部屋に飛ばされたりもした。そこには他より少し強めに設定された敵がいたが、二人にとっては誤差にすぎなかった。

四二歳になっていたジサンは記憶力の衰えが多少見られ、何度も同じところを行き来してしまったが、夏から秋の変わり目、空は蒼く、気温も平均気温よりは冷涼で冒険日和、何より美しい景観のおかげでそれほど、苦にはならなかった。

＝＝＝＝＝＝＝＝＝＝＝＝＝＝＝＝＝＝＝＝＝＝＝＝＝＝＝＝

メカカモメ　ランクA
コマッチャン　ランクB
スカイ・フィッシュ　ランクB
ウミイヌ　ランクB

マッチャン　　　ランクC

＝＝＝＝＝＝＝＝＝＝＝＝＝＝＝＝＝＝＝＝＝＝＝＝＝＝＝＝＝＝＝

「マスター……！　大量です！」

「そうだな」

三日間の探索により、これまでのダンジョンでは最大でも三体だった新種のモンスターが五匹も発見できて、ジサンはそれなりに満足していた。

（……マッピングコンプリートもできたし、そろそろ次のダンジョンへ……って、ん？）

「どうしました？　マスター」

「…………なんかマップのこの部分、表示が二重になってないか？」

「……確かにそうですね。まるで下に何かがあるような……」

「下……」

（!!）

よくよく見ると、他にも一か所、二重になっている箇所があった。その場所は小さく、ちょうど何度かトラップで飛ばされた小部屋と同じくらいのサイズ感であった。

「ひょっとして、これ……地下か……？」

「そ、そうかもしれないですね」

（……仮に地下だとして、どうやって……。……っ!!）

「サラ、試してみたいことがある」

ジサンは思い付く。どういう結果になるかはわからないが試してみる価値はある。

「マスターがやることなら何だって……！　例え、火ん中、水ん中、草ん中♪　森ん中、〝土ん中〟……」

「それな」

「え……？」

地下一階には一度、行っているのだ。どこに出るかはわからないが……

「特性：地下帰還」


そこは確かにマップで確認したくらいのサイズの大部屋であった。

辺りを見渡すとポツンとある大型の派手な椅子に人間の女性の姿をした何かが座している。

赤いロングヘアにオリエンタルな衣装に身を包み、スタイル抜群のグラマラスボディ、特徴的な蝙蝠《こうもり》のような翼が頭についており、妖艶な雰囲気を放っていた。そして、ジサン達を視認し、言葉を発する。

「よくぞ参った、旅の者。我は隠《いん》魔王ディクロ……問おう、其方《そなた》らは我に挑みし者か？」

（い、淫《いん》魔王……だと……!?）

隠《いん》魔王である。

（ディクロ……確か、ボスリストに掲載されている魔王ランクはロデラ、ラファンダル、ノヴァアーク、そして討伐されたアンディマ。……ディクロなんてやつは、載ってなかったな）

「サラ……もしやこいつ隠しボスか？」

「そのようです」

「まさかそんなやつがいるとは……」

「あ、はい……そ、そうですね」

ジサンの隣にもいる。本人は少々、複雑な心境のようだ。

「挑みし者か、と質問するということは挑まないことも可能か」

「無論だ。ワープ床のトリックを見抜いてここまでやってきたことは賞賛に値する。しかし、ここへ到達した者のほとんどが我を目指して訪れたわけではないだろう。事故で魔王クラスと戦闘となっては、流石に〝フェア〟ではないだろう」

（ワープ床のトリック？　そんなものを解いた記憶はないが……）

そんなことを思いながら、ディクロが〝フェア〟という単語を強調したことに気付く。それにより、ジサンは思い出す。

ゲーム開始時にAIから発せられた二つのメッセージがある。このメッセージはご丁寧なことにメニューウィンドウからいつでも閲覧可能である。

〝ゲームはフェアである。理不尽を排除した設計を心がけた。存分に楽しんでほしい〟

〝先入観を抱くな。パラダイムシフトこそが本ゲームをクリアする上で肝要である〟

ディクロはまさにこの前者を主張しているということであった。

ジサンは考える。俺は死んでもいいから、挑む分には問題ない。しかし……

「サラ……あいつはテイム対象ってことはないよな？」

「対象のようです」

（……なんと!?）

リストのボスはテイム対象外であるが、隠しボスは対象になることがあるということか。

「ですが、マスター……現在のテイム武器では、成功率はそう高くありません」

「そうか。テイム失敗した場合、どうなる？」

「一定の期間を経て、同設定のモンスターがどこかの隠し部屋で復活《リポップ》します。ただし報酬は最初の一回のみです」

（……そうか）

〝同設定の〟という言葉が引っ掛かる。それはつまり〝別の存在〟ということか。

「……止めておこう」

「わかりました！　マスター！」

サラは嬉しそうに言う。二人旅を邪魔されたくなかったのだ。

一方で、ジサンは思う。今回、ディクロを発見できたのは偶然中の偶然。日本中の隠し部屋を再び探すなんて無理ゲーだ。より高確率で捕獲できるテイム武器を入手してから、またここに来る方が合理的だ。

「承諾した。挑まぬもまた英断……」

ディクロはそんなことを言う。

「ん……？　挑むという意味では其方《そち》であろう？」

「っ……」

（ん……？）

サラはディクロにだけ見えるように横を向き、ニヤリとしながら普段より偉そうな口調で言う。否、むしろこちらが彼女の普段の口調である。ディクロは焦燥を浮かべながら口ごもる。

「それじゃ、帰りましょう！　マスター」

サラは踵を返すようにディクロに背を向け、歩き出す。

「あぁ……そうだな」

二人は、撤退を決めた瞬間から出現したワープ床にて地上へ戻る。

その時、ジサンは考えていた。サラのクラスは大魔王である。これは二か月の旅の間に本人から直接聞いた数少ない個人情報である。そして核心に迫る。大魔王ってことは…………もしかして、こいつ……〝隠しボス〟なのではないか。

「ここでしばらく待つか」

「はい！」

サラが元気に返事をする。

ジサンとサラの二人は現在、ホンシュウとホッカイドウを繋ぐ海底トンネルであるセイホクトンネルの中央部分にて、ジサンの特性：〝巣穴籠り〟を使用し、地下キャンプの中で夜を待っていた。

少し前の話——

「ホッカイドウへ行きたいならバスを利用してセイホクトンネルを抜ける必要がある」

「ありがとうございまーす」

サラが地元の人から情報を仕入れてくれる。もしかしたらサラはすでに知っている情報なのかもしれないが、自身が直接、仕入れた情報であればジサンと共有することができるのだろう。ジサンは知らない人に話しかけるということが非常に苦手であったため、サラの物怖じしない性格に助けられていた。

「だが、お嬢ちゃん、急を要する用事でもないなら、セイホクトンネルを渡るのは止めておいた方がいい」

「え？　何でですか？」

「セイホクトンネルにはモンスターが出る。トンネルの途中で無駄にバスが停車するのだが、そこはダンジョンエリアになっていて、襲撃されることもあるそうだ。特に夜の便は強力なモンスターが出るらしく危険だ。行くなら日中の明るい時間にしなさい」

「なるほど！　ありがと、お兄さん！」


ということは、夜のダンジョンにはレアモンスターが出現するかもしれない。


ホッカイドウ行きのバスの途中、海底駅にて、下車した二人は他の乗客から若干、怪しい目で見られた。優しい人が「ここはまだ終点ではないよ」と教えてくれるのを苦笑いしつつスルーして、下車したため、ジサンは少し気まずかった。

昼のダンジョン探索で概ねモンスターをテイムした二人は地下キャンプにて、体を休めつつ、夜を待った。


「マスター……！　おはようございます」

「んあっ！」

サラに声を掛けられ、ジサンは目を覚ます。

「マスター……ごめんなさい、私もつい居眠りしてしまい……」

「お、そうか……別にいい」

ジサンはノソノソと起き上がり、時間を確認する。

AM二時。

(流石にちょっと寝坊し過ぎたか……まぁ、いいか)

二人は地下キャンプを出て、トンネル内の探索を再開する。


(暗っ！)

キャンプを出ると、そこは真っ暗であった。どうやらこの時間帯は照明も落ちているようだ。通常、ダンジョンはそこが地下ダンジョンであっても明かりを使用しなくても良いくらいには可視性がある。それはリアリティを追求し過ぎると、ゲームとしての本質、アミューズメント性を失ってしまうからであろう。だが、このダンジョンはそうではないようであった。

「きゃっ、マスター……そういうことをするならキャンプで……！」

「す、すまん！」

(そういうことって何だ？)

暗闇でわからないが、何かがサラの何かに触れてしまったようであった。

(ひとまず明かりを……)

「っ……！」

明かりを付けると、二人はすでに十体前後のモンスターに囲まれていたことに気付く。

「マスター……！」

「あぁ、サラ……ここは久しぶりの当たりかもしれない」

二人を囲んでいた獰猛そうな魔物達は初出のモンスターばかりであった。セイホクトンネル地下ダンジョンは夜が深まるほど強力なモンスターが出現する。


「マスター……ここに落とし穴があります。お気をつけください」

「おっ？」

しばらく探索を続けていると、サラがジサンに警告を報せてくれる。

「落ちてみるか」

「はい！」

サラは肯定する。

落とし穴とは当然、トラップである。だが、落ちたら即死するようなことはないだろう。リアル・ファンタジーはそういうゲーム性ではないからだ。AI曰く、フェアであるということ。だからこそトラップに落ちた衝撃で死亡という理不尽はない。だが、脱出を難しくするくらいの試練はあるだろう。しかし、試練の先には報酬があるものだ。

「隠し部屋ですかね？」

「あぁ」

落とし穴は滑り台になっており、その先には広い空洞になっていて、まるでボス部屋のようであった。そして、ゆっくりと何かが足音を立てて近づいてくる。

どうやらここでの試練は強力なモンスターのようだ。

二足歩行で全身は漆黒の鱗に覆われている。体長は十メートルくらいはありそうだ。龍とも獣ともとれる、いかにも強い力を有していそうな姿をしたそのモンスターの名称は〝ノーブライト〟。


「マスター……元気を出してください。きっとまたチャンスはありますよ！」

サラが一生懸命におじさんを慰める。

「あぁ……」

ジサンは落ち込んでいた。

せっかく遭遇できたレアモンスター。しかし、結果は……テイム失敗。

テイム武器により、とどめを刺すというテイム条件は満たしていたが、確率によるテイム失敗であった。ジサンは高性能テイム武器を装備しており、テイムを失敗したことが逆説的にノーブライトがかなりのレアモンスターであったことを示唆しており、それがまた悔しさを倍増させていた。

「でも、ほら、結構、強そうな武器もドロップしたみたいですし」

「あぁ……そうだな」


＝＝＝＝＝＝＝＝＝＝＝＝＝＝＝＝＝＝＝＝＝＝＝＝＝＝＝＝＝＝＝＝＝＝＝＝＝

■ノーブライト

AT＋428

【効果】

攻撃対象に確率で命中率ダウン効果

＝＝＝＝＝＝＝＝＝＝＝＝＝＝＝＝＝＝＝＝＝＝＝＝＝＝＝＝＝＝＝＝＝＝＝＝＝

ノーブライトは命中率ダウンのデバフ効果を持つシンプルな形状の漆黒の剣であった。

（確かにかなりの高性能だが、テイム効果はなし……）

どこかに100％テイムできる武器はないだろうか……そんな願望を抱くジサンであった。


ジサンとサラによるのんびりダンジョン巡りの日々はその後、しばらく続く。二人がホッカイドウのダンジョン巡りをしている頃、世間ではいくつかのイベントが発生する。
それは、ジサンとサラがディクロと遭遇して、およそ一年後、パーティ〝月丸隊〟が第四魔王アンディマを討伐して以降、しばらく実現されていなかった魔王打破が立て続けに発生する。

＝＝

◆二〇四一年四月
第四魔王：アンディマ
┌討伐パーティ〈月丸隊〉
├ツキハ　クラス：勇者
├ユウタ　クラス：聖騎士
└チユ　　クラス：ジェネラル・ヒーラー

◆二〇四二年七月
第二魔王：ラファンダル
┌討伐パーティ〈月丸隊〉
├ツキハ　クラス：勇者
├ユウタ　クラス：聖騎士
└チユ　　クラス：ジェネラル・ヒーラー

◆二〇四二年八月

第三魔王：ノヴァアーク
┌討伐パーティ〈ウォーター・キャット〉
├ミズカ　クラス：魔法剣士
├ユウタ　クラス：長槍兵
├キサ　クラス：ヒール・ウィザード
└ツキハ　クラス：勇者

第一魔王：ロデラ
┌討伐パーティ〈ウォーター・キャット〉
├ミズカ　クラス：魔女
├ユウタ　クラス：長槍兵
└キサ　クラス：ヒール・ウィザード

＝＝＝

公開魔王の全撃破。これにより世界がまた少し変化する。
ジサンの激動の物語はむしろここから始まるのであった。

3章　100%テイム武器、時々、勇者さん

第一魔王ロデラが撃破された直後、特段、何もイベントは発生せず、世間は何となく、この後どうなるのだろう……という不安感に包まれる。

しかし二日後、変化が起きる。

全プレイヤーに一通目の〝重要なお知らせ〟が届く。それは、ボスリストの更新であった。

＝＝＝＝＝＝＝＝＝＝＝＝＝＝＝＝＝＝＝＝＝＝＝＝＝＝＝＝＝＝＝＝＝＝

〈難易度〉	〈名称〉	〈報酬〉	〈説明〉
魔神	レオメル	？？？	？？？
魔神	リスティア	魔神：リスティア	？？？
大魔王	モドリス	魔具：複写石	任意の魔具を複製する
大魔王	ネコマル	航空機：01	海外エリアへ移動できる便を開通

大魔王　ルイスレス　〈大規模DMZ〉　一部の地域を人間の安全地帯とする

魔王　エデン　魔具：テンナビ　同ランクの任意のクラスに変更できる

魔王　カンテン　魔装：ゲルル　状態異常無効の装備

魔王　エスタ　魔具：最強千　最上位プレイヤー同等になれる

魔王　アルヴァロ　魔具：呪殺譜　任意のプレイヤー一名を死亡させる

＝＝＝＝＝＝＝＝＝＝＝＝＝＝＝＝＝＝＝＝＝＝＝＝＝＝＝＝＝＝＝＝＝＝＝＝＝＝

魔神という未知の存在、魔王が普通に追加されている、物騒な報酬等、気になる点は多数あったが、ジサンにとってことさら目を引いたのは、二つ。

一つは魔神リスティアの報酬……魔神リスティア。

これはつまりテイム対象ということであろうか。この事実にはジサンの胸も幾ばくのざわつきを覚える。

そして、もう一つは、ボスランク：大魔王の存在である。

ジサンはこれを見て、一年近く、予想の範囲を超えなかった事実がほぼ確信に至る。

大魔王サラは隠しボスである。

サラもきっとジサンが気付いたことに気付いたであろう。だが、二人はその思いを胸に秘め、そして変わらない。余所余所しくなるでもない、逆に急激に絆が深まるでもない。つまり、何も変わらなかった。

翌日には、二通目の〝重要なお知らせ〟が届く。その中にはルール変更に関する記載がされていた。


＝＝＝＝＝＝＝＝＝＝＝＝＝＝＝＝＝＝＝＝＝＝＝＝＝＝＝＝＝＝＝＝＝＝＝

【重要なお知らせ】


日頃からリアル・ファンタジーをご愛顧いただき、誠に有難うございます。

皆さまによりゲームを楽しんでいただくため、本日より、下記のルール変更を適用致します。

①ＮＰＣの追加実装
これまでギルド案内嬢（通称、ＮＶＣ）のみであったＮＰＣを追加実装します。運営公式の装備販売やヒント情報が充実します。多種多様なＮＰＣの反応をお楽しみください。

②プレイヤー同士の攻略情報の交換を解禁
これまで禁止していたプレイヤー同士のネットワークを介する情報交換用の専用掲示板を解禁しま

す（メニューに追加しています）。より深い攻略をお楽しみください。

③プレイヤー同士のダンジョン内での攻撃解禁
これまで禁止していたプレイヤー同士の攻撃をダンジョン内に限り解禁します。モンスターとの戦闘中はこれまで通り同士討ちは発生しません。プレイヤーの通常武器による攻撃でＨＰがゼロになった場合、死亡はせず、三〇分間の行動停止となりますのでご安心ください。気軽に決闘をお楽しみください。

④レイドボスの実装
四人上限のパーティ枠を越えた総力戦で挑める強大なボス戦を用意します。勝てば報酬、負ければ罰則のハラハラドキドキバトル！　熱い戦いを期待します。奮ってご参加ください。

なお、本ルール変更は、魔王討伐がなされなくても実施予定でした。
魔王討伐パーティを恨まないであげてね☆
リアル・ファンタジー運営
＝＝＝＝＝＝＝＝＝＝＝＝＝＝＝＝＝＝＝＝＝＝＝＝＝＝＝＝＝＝＝＝＝

（……何だこれ）

ジサンは思う。これが任意参加のゲームならば、喜ばれることなのかもしれないが、強制参加のゲームにおいてはもはや怪文書に等しい。しかし、叫ぼうが喚こうが運営の決定は絶対である。ジサンはそれぞれについて考える。

①NPCの追加実装
ジサンはギルドを使用したことがなかったため、あまりピンと来なかった。確かにこれまではっきりとNPCと呼べる存在には遭遇していなかったのは確かだ。逆説的に言うと、サラはNPC扱いではないということだ。

②プレイヤー同士の攻略情報の交換を解禁
ジサンは元々、ネット掲示板をよく見ていたため、多少、興味が湧く。

③プレイヤー同士のダンジョン内での攻撃解禁
めんどうくさい。

④レイドボスの実装
現時点では何とも言えない。

一週間後。
プレイヤー達がルール変更を最もすぐに実感できたのは、情報交換掲示板であった。デマも蔓延していたが、気になる情報がいくつかあった。

■同じボスランクでも強さの幅がかなりあるらしい
■ボスリストにいない隠しボスがいるらしい
■プレイヤーを殺せるキルウェポンが存在するらしい
■リリース・リバティというクランがやばいらしい
■プレイヤー有利なバグは改修しない方針らしい

特にクラス板は大いに賑わっていた。

＝＝＝＝　クラス板　＝＝＝

111　名無しさん　ID:igjaa330
魔物を使役できるクラスがあるとの噂

120　名無しさん　　ID:jgi09a0
>> 111
テイマー

203　名無しさん　　ID:u90pjapo
勇者は処女しかなれない、魔女は非処女でもなれる　はガチ

207　名無しさん　　ID:pjopapaa
>> 203
ツキハ純粋、ミズカ淫乱

212　名無しさん　　ID:ecfnav037
>> 207
ツキハさん、ちーっす

212　名無しさん　　ID:lIllagaloe
>> 207

ミズカはエロいエロいLOE

675　名無しさん　　ID:w0j90aeexx
まとめました。

〇上位のクラスチェンジはそれなりのリスクあり
・元のクラスに戻れない
・同ランクのクラスを選択し直せない
・クラスレベルがリセットされることで一時的に弱くなることがある

677　名無しさん　　ID:ghaidhgae
>>675
クラス迷子した俺死

＝＝

（結構、荒れてるな……）

ツキハとは第四、三、二の魔王討伐に関わった勇者のクラス。ミズカとは第三、一の魔王討伐に関わった魔女のクラスの女の子のようだ。

また、クラスチェンジは無暗に行わない方がいいという書き込みもよく見られた。

ジサン自身も長くアングラ・ナイトを使用していた。今思うと、アングラ・ナイトにしたのも少し安直だっただろうかと思う。

(……しかし、流石に少し変化が欲しいな)

ジサンは自身のステータスを眺めながらそんなことを思う。

■ジサン
レベル：130
クラス：アングラ・ナイト
クラスレベル：38
HP：3160　MP：530
AT：1455　AG：1964
魔　法：フルダウン、スロウ
スキル：魔刃斬、地空裂、陰剣、自己全治癒
特　性：地下帰還、巣穴籠り、魔物使役、
　　　　魔物交配、状態異常耐性

サラについて。

■サラ
レベル：122
クラス：大魔王
クラスレベル：3
HP：3539　MP：1960
AT：1294　AG：1171
魔　法：リバース、ドレイン、ムーヴ、ランダム
スキル：支配
特　性：徘徊

サラはクラス：大魔王レベル0の時点ですぐに低ランクモンスター収集の旅に出たため、ほとんどクラスレベルが上がっていなかった。初期職が大魔王であるというチートであるが、逆に継承して使用できる魔法、特性がないせいで、種類はそれほど多くなかった。

しかしジサンはサラのクラスのみを知っており、このようなレベルやステータスについては知らな

いのであった。

一方で成長したものもある。身の丈だ。一年前一三〇センチ程度であったサラの身長は一〇センチほど大きくなっていた。


ルール改定後もジサンとサラはしばらくダンジョン巡りを継続する。ジサンは、このまま日本一周するのも悪くないと思い始めていた。そんな時、変更点①NPCの追加実装を強く実感する出来事が起きる。


その日、ジサンとサラはホッカイドウのとある森林ダンジョンに来ていた。

「マスター！　だいたいマッピングは終わりましたかね」

「そうだな……」

最上層に到達し、そろそろ撤退しようかと考えていた時、マップ中央にあった巨木のてっぺんの方に大きめのトレジャーボックスのような物が見える。

（一応、開けておくか……）

「ナイーヴ・ドラゴン！」

「ガゥ！」

このダンジョンは割と人の寄り付かない場所にあり、他のプレイヤーがほとんどいなかった。そのため、ジサンはナイーヴ・ドラゴンを使役していた。

あの日の出来事以来、このナイーヴ・ドラゴンに何となく愛着が湧いており、配合素材にできずにいたのだ。そもそもあの日以来、高レアランクのモンスターを入手していないというのもあった。

ジサンはナイーヴ・ドラゴンの背中に乗り、トレジャーボックスのところまで連れて行ってもらう。

そして開ける。

（っ……!!）

中を開けて驚く。

トレジャーボックスの中には、透明感のある羽がついた……まるで妖精のような美しい少女が体を丸めて眠っていた……

ので、ジサンはトレジャーボックスをそっと閉じた。

「ぱんぱかぱーん」

（…………）

宝箱を開けたファンファーレ？ のような効果音（自前）が閉じたトレジャーボックスの中から聞

こえる。

「…………ナイーヴ・ドラゴン、降りていいぞ」

「ガゥ！」

ジサンはそのまま去ろうとする。

「ちょちょちょちょ、ちょっと待ってぇえええ！」

（…………）

トレジャーボックスの中から眠っていた妖精風の少女が飛び出してくる。

改めて見ると、身長は一五〇センチくらい、翠髪のショートヘアで耳が少し尖っている。白地に緑の装飾があるふわっとしたワンピースを着て、背中からは半透明の羽が四枚生えていた。

「何で閉めた!?　おかしいでしょ！　あの演出で普通、閉める!?」

妖精風の少女はジサンにまくし立てる。

「いや、名称が表示されてないからモンスターじゃないだろ？」

「えっ……そ、その通りだけど、どういうこと？」

「い、いや……」

（……説明するのが面倒だな）

「アタイはエルフとシルフ（風の妖精）のハーフ。高貴なるシェルフのルィ」

（シェルフ……？　そういう設定か？　棚（shelf）みたいだな……）

「マスター……どうやら新しく追加実装されたＮＰＣのようです」

（なるほど……）

「それでテイムできるのか？」

「マスター……残念ながらできません」

「じゃあ、いいです」

「ガゥ」

引き留められていたナイーヴ・ドラゴンがジサンの声を聞き、高度を落とそうとする。

「ちょっ！　待っ!!」

（…………）

ジサンはそのまま高度を落とす。

「ちょ！　本当に！　アタイ、何でもするから！　いや、何でも知ってるから！」

（…………）

「えっっ！　まじ!?　これでも効果ないの？」

ルィは本気で困惑している。

「うっうっう……せっかくの初仕事なのに……うっうっ……」

今度は泣き出す。

「うっうっう……せっかく１００％テイム武器のありかも知ってるのに……」

ぴくっ。

ジサンの肩がわずかに揺れる。

「ん……？」

ルィはそれを見逃さなかった。

「知ってるよ～～、100パー、テイム武器のありか……知ってるよ～～」

（…………）

「……話を聞こう」


「なるほど、お前と決闘して勝てば情報を教えてくれるというわけだな？」

「そうだよ！　ちなみに決闘は一対一、負けても死亡はなし！」

「なるほど……じゃあ……」

「マスター！　私にやらせてください！」

「えっ？」

サラが決闘への参加を申し出る。

「だ、だが……」

「こんなことでマスターを煩わせる必要はありません。それに、私、やりたいのです」

ジサンがサラを守るような立ち回りをするせいもあり、サラは久しく強敵と呼べる相手と戦っておらず、多少なりともフラストレーションが溜まっていた。

（…………まぁ、いいか。死亡はなしと言っているし……）

「それでいいのか？」

ジサンはルィに確認する。

「アタイは誰でも構わないぜ？」

「それでは……」


直径一〇〇メートル程度の森林ダンジョンの最上階、中央付近でサラとルィの二人は向き合う。

「準備はいいかい？」

「……あぁ。構わんよ」

「……！」

サラの雰囲気が変わり、ルィは少したじろぐ。

「死亡なしのルールでよかったな……小童……」

「っ!!　お前も小さいだろ！」

そう叫びながら、ルィが竜巻のような暴風をサラに向けて解き放つ。

しかし、避けない。

ルィの放った暴風に対し、サラは回避行動を起こさない。暴風はそのままサラに直撃する。

「なっ⁉」

だが、サラは不敵に笑みを浮かべている。

ルィは焦燥の表情だ。しかし、すぐに次の手を打つ。

「ならっ！　これはどうだ！　魔法：ブレッシング・ウィンド‼」

今度は圧縮された魔力、大量のソニックブームのような三日月体がサラを襲う。

「うーむ、それは少し痛そうだ……」

サラは右手を前に出す。

「ほいっ」

無数の黒き闇《ひかり》がサラの周りに発生する。そして、ルィの放った三日月状の光弾を一つ残らず撃ち落とす。

「っっ……！　魔法：ウィンド・ソード」

今度は、ルィの手中に翠の光を放つ剣が出現する。ルィは光剣を握り締め、風の力を借りるように、一気にサラとの距離を詰める。

「っっらっ‼」

ルィは叫びながら小さい身体をくねらせるように力を溜め、全体重を乗せて、サラに正面から切りかかる。

「気迫は悪くない」

次の瞬間、ルィのその魔力剣は大きく空を斬る。

「え……？」

サラは一歩も動いていない。動いた、いや、動かされたのはルィの方であった。ルィは戦闘を始めた位置に立っていた。

「……ち、ちくしょう!!」

ルィは大型の弓を具現化し、手に持っているウィンド・ソードを矢の代わりにして、サラに狙いを定める。弓は激しくしなり、エネルギーを溜め込むようにギチギチと音を立てる。それがルィの有する最大威力の攻撃であった。

「らぁっ!!」

ルィが矢を放つ。剣の矢がサラを目掛けて猛烈な速度で飛翔する。

「最初からそれをやれ」

矢が放たれてからサラに到達するまで僅かな時間しかなかったはずだが、ジサンは確かにそう聞こえたような気がした。

サラは掌をルィに向けている。未だ残っていた無数の黒い光がルィを目掛けて移動を始める。

ルィの剣矢はいくつかの黒い光を掻き消したが、やがて勢いを失う。そして、滅滅せずに残った大多数の漆黒球が次々にルィに襲い掛かる。

「な？　死亡なしのルールでよかったであろう？」

「っ……！　うわぁあああああ!!」

「……参りました」

「やりました！　マスター！」

「あ、あぁ……」

（やっぱり大魔王……つぇぇ……ルィは多分、サラが単独で戦った中で過去最強であった。恐らく上位の魔公爵程度の強さだろうか……それを全く寄せ付けなかった）

「アタイも結構、強い方だと思ったんだけどなー。まだまだ精進が必要みたいです」

「うむ……」

「アタイを倒した特典として、アタイのフレンドＩＤと入金ＩＤをプレゼントするよ」

「え……？」

「これでいつでもどこでもアタイの有する知識を提供できる」

（フレンドＩＤはともかく、入金ＩＤとは……？　金取るんか……？）

ジサンとサラはルィをじっと見る。

「そ、そういう契約なんだからしょうがないでしょ！」

契約とは何だ？　それを言うなら設定では？　と思うジサンであった。

「100%テイム武器の名称は〝契りの剣TM〟と言います」

「え？　どこにあるか？　それは有料だよ」

「ダンジョン〝ウエノクリーチャーパーク〟にあります」

「え？　どうやって入手？　それは有料だよ」

「隠しボス、魔公爵：ドミクの討伐報酬です」

「え？　隠し部屋の入り方？　それは有料だよ」

（…………）

ジサンは、めっちゃ金を毟《むし》り取られた。


時を同じくして、トウキョウ――

ＰＭ一一時頃、〝ウエノクリーチャーパーク〟にて。


「うわぁあああ！　お前ら何をする!?」

一人のはぐれプレイヤーが複数のプレイヤーに襲撃されていた。

「何って…………モンスターごっこ？」

「っな…………！」

「ごめんねー、今週もノルマきついのー」

「っ……！　お前ら、まさか……リリース・リバティの……」

「さーて、どうだか……」

「こんなことして、ただで済むと思うなよ！　絶対に倍返しにしてやるからな！」

「は？　倍返しってどうやって？」

「え……？」

「まず前提が間違ってるね」

「……どういう？」

「おっさん、生きて帰れると思ってるでしょ？」

「っっっっ!?」

「えっ？　おっさん、知らないの？　殺し武器《キルウェポン》のこと」

「え……？　嘘だよな？　冗談だよな？」

「試してみる？」

「っ!!　や、やめてくれぇえ!!」

数日後。

「うわー、なんだか人がたくさんいますね！　マスター！」

「そ、そうだな……」

ジサンとサラは久しぶりにカントウ地方に来ていた。

ジサンは人混みが苦手であり、トウキョウに来るのはあまり気が進まなかったが、それよりも魅力的なものがここにはあった。

ターゲットは勿論、１００％テイム武器〝契りの剣ＴＭ〟だ。


＝＝＝＝＝＝＝＝＝＝＝＝＝＝＝＝＝＝＝＝＝＝＝＝＝＝＝＝＝＝＝＝＝＝＝

253　名無しさん　ID:pssjitaa
キルウェポン使ってるやつらいるっぽい

254 名無しさん　ID:uahugjaei

>> 253
ソースあんの?

276　名無しさん　ID:la9ajga0
ウエノ周辺が特にやばいらしい

292　名無しさん　ID:exagaw1
>> 276
夜間は特に注意とのこと

376　名無しさん　ID:xjgiklga903
>> 207
ウエノには処女も出没するらしいぞ

421　名無しさん　ID:29jagifjaa
>> 376
処女さんのこと勇者って呼ぶのやめろ

491　名無しさん　　ID:puapjigiea
>>421
逆ゥ

＝＝＝＝＝＝＝＝＝＝＝＝＝＝＝＝＝＝＝＝＝＝＝＝＝＝＝＝＝＝＝＝＝＝＝＝

二〇四二年一〇月初旬、ＰＭ一〇時——

ジサンとサラはダンジョン〝ウエノクリーチャーパーク〟をうろついていた。

日中人気のダンジョンであり、ジサンは人が少ないであろう夜間に探索することにしたのだ。ウエノクリーチャーパークには何やら悪い噂もあるらしく、特に夜間が注意ということでジサンは敢えてその時間を狙ったのだ。しかし、想像以上にプレイヤーが全然いなかった。

……流石に情報に踊らされすぎだろ、と思うジサンであった。


ウエノクリーチャーパークには通常のダンジョンと異なる変わった特徴がある。全てのモンスターがそれぞれに与えられた小部屋に待機しており、レベルも表示されている。プレイヤーは自身でそれに挑戦するかどうかを選ぶことができるというわけだ。そのため、うろついているモンスターがおらず、挑戦しなければダンジョンであるにもかかわらず比較的安全であるという点も珍しい。

人もそんなにいないし、テイマーの認知度も多少上がってきたようなので、ジサンは魔物を使役することにする。ランクPの二体を配合してサラが生まれたため、Sランクのサラを除いた現在の最高ランクはOとなっていた。

＝＝＝
フェアリー・スライム　ランクO
ライトニング　ランクO
ギダギダ　ランクO
ナイーヴ・ドラゴン　ランクN
スケスケスケルトン　ランクM
＝＝＝

（さて……どいつにするか……）
ジサンはまずナイーヴ・ドラゴンを確認する。

■ナイーヴ・ドラゴン　ランクN
レベル：52

HP：1176　MP：0
AT：540　AG：222
魔法：なし
スキル：剛爪、クリムゾンブレス、体を休める
特性：純粋、飛行

現在、唯一のランクNであるナイーヴ・ドラゴン。ランクNでも中位魔公爵と同程度の力があるのでそれなりに頼りになる。しかし、流石に人が来た時にナイーヴ・ドラゴンは目立ち過ぎる。

（今日は休んでいてもらおう……となると、こいつか……）

ジサンが次に確認したのはフェアリー・スライムだ。

■フェアリー・スライム　ランクO
レベル：60
HP：987　MP：328
AT：400　AG：649
魔　法：エレメント、メガ・ヒール

スキル：まとわりつく、硬化タックル、妖精の歌
特　性：液状

ランクにしてＯ。上位魔公爵と同程度の実力がある。つまりサラが戦った自称シルフとエルフのハーフでシェルフ……のルィとも互角に戦えるポテンシャルを持っている。

そして、フェアリー・スライムの良いところは見た目がゆるいことであった。スライムに羽が生えているだけのシンプルなデザインで、全く強そうに見えない上に、サイズもメロンくらいしかないので、ナイーヴ・ドラゴンと比較して、圧倒的に使いやすかった。ジサンはフェアリー・スライムを選択する。

「きゅううううん」

選ばれたフェアリー・スライムは嬉しそうにジサンにすり寄る。ジサンはそれを一撫でしてやる。

ジサンはモンスターには比較的、自然に優しくできた。なぜならモンスターは喋らないからだ。

「…………」

それを見て、喋るモンスター《サラ》が羨望の眼差しを送る……。

「きゅっ!?」

フェアリー・スライムは危機感を覚えたのか、慌ててジサンから離れる。

（……さて）

ぼったくりシェルフによると、100%テイム武器〝契りの剣TM〟を入手するための隠しボスの魔公爵：ドミクを出現させるには、まずは特定の条件を満たす必要があるらしい。

「……本当にあるのか」

「マスター……もし嘘だったらホッカイドウまでいって退場《ゲームオーバー》させてきます」

（いや、流石にそこまではしなくていいが……）

ルィに提示された魔公爵：ドミクの出現条件はパーク内の三体の強モンスターの討伐であった。

「まずはゴリラからですね」

「あぁ、いくぞ」

■ゲンコツ・ゴリラ　ランクG
レベル：25
HP：648　MP：0
AT：150　AG：60
魔　法：なし
スキル：拳骨、なぶる

特性：剛腕

（……ランクGか。確かにトウホクやホッカイドウに比べるとレベルが高いな）

とはいえ、流石にカスカベ外郭ダンジョン九二階層という地獄で暮らしていたジサンの相手ではなかった。開幕こそ、その拳骨をフェアリー・スライム目掛けて見舞ってきたが、フェアリー・スライムは特性：液状により物理ダメージを大きく軽減できる。おかげでダメージ量としてはごく僅かであった。フェアリー・スライムは反撃とでも言うようにスキルの〝まとわりつく〟でダメージを与えつつ、動きを封じた。残りはジサンの通常攻撃で無事にテイムが成功した。

続いてジサン達はキリンの元へと向かう。

■ヒカリ・キリン　ランクK
レベル：35
HP：828　　MP：1121

AT：100　　AG：197
魔　法：なし
スキル：閃光、光雷
特　性：背信

キリンはサラが瞬殺（寸止め）した。ジサンは再び、テイム武器を振るうのみであった。

「楽勝でしたね！　マスター！」

「あぁ……おかげでな」

「っ!!　マスター……！　お褒めに預かり光栄です！」

サラはいつものように大袈裟に反応する。

モンスターそのものはすぐに倒せたが広いパークを移動する方に時間が掛かった。パークは東と西に分かれており、ゴリラは東エリアの果て、キリンは西エリアの果てにいたのである。順番通りに倒す制約があるようで、次のゾウのところに行くためには再び、東エリアに戻る必要があった。

（ふぅ……面倒だが、戻るか……）

ジサン達は東エリアに戻るため、西エリアから東エリアをつなぐ蛇行した一本道を歩いていた……

「……マスター」

サラが異変に気づき、声を上げる。

（………）

ジサンは周りを数名の人間に囲まれていることに気付く。

一本道の外側の茂みから、まるで四角い網を張るかのように待ち伏せしていた四人の男達が出てくる。

「こんばんはーー」

「あっ……ども……」

ジサンは挨拶されたものだから、反射的に返事をしてしまう。

「あっ……ども……だってよぉ！　呑気なもんだなぁ！」

「ひゃはははははは」

（っ……！）

ジサンは少し恥ずかしくなる。

「おっさんとガキだ」

「ガキの方、小さいけどめっちゃかわいいやん」

「お前、ロリコンか？」

「何だ？　この羽根つきスライム」

「もしかしておっさん、テイマーか？」

「うっは、おっさん、いい歳してモンスターごっこすか？」

（……っ）

男達は余裕ありげに会話をする。サラはジサンの陰に隠れるようにして、ジサンにしがみつく。

（っ!!　サラが脅えている？　……うわ……やべえな。この人達、めっちゃ強そうだ）

ジサンは焦る。

（最悪、サラだけでも何とか……いや、むしろサラは大丈夫か……俺よりもずっと強い……）

その大魔王が、ぐへへ、マスターに甘えるチャンス到～～来！　などと喜んでいるとは、ジサンは考え及ばなかった。

（……さて、どうするか……）

ジサンが本気で焦っていたその時――


「止めなさい！　君達」

後方から凛とした声が夜の小道にピシャリと響く。

そこには一人の少女が仁王立ちしていた。

闇夜のような配色で構成された装備は暗闇に溶け込んでおり、目立ちにくいが、簡素な鎧にスカートというこのゲームにおける一般的な女騎士の装いであることが確認できる。

身長は一六〇センチくらい。透き通るような大きな瞳。美人ではあるが、どこか幼さも残している。

ボブスタイルの髪色も黒であるため、片耳かけを固定するために付けられた三日月の髪留めだけが目立っている。

「あっ⁉」

男の一人が止めに入った無謀な女を威嚇する。

「てめぇ、何者だ⁉」

「って、おい……あいつ……」

男の中の一人が気付く。確かにその顔は全プレイヤーに晒されていた。

魔王三体の討伐に関わった超トップブレイヤーの一人。

「お、お前は……月丸隊の勇者……ツキハぁ⁉」

「つ、ツキハだ⁉ て、てめぇ！ こんなところで何してやがる⁉」

「それはこっちのセリフなんだけど……お兄さん達、何してるのかなー？」

「っっっ」

男達は言葉に詰まる。

「もし、格好悪いことしてるんだったら、流石に止めなきゃいけないけど……」

そう言って、ツキハは腰の剣に手を掛ける。

「ぐっ……」

「やります？」

「ちっ……！　覚えてろよ!!」

男達は悪い人らしい典型的な捨て台詞を残して、去っていく。

「やなこった！」

ツキハは去っていく男達の背中に向けて、〝いー〟の仕草をする。

「おじさん達、大丈夫でしたか？」

「あ、おかげ様で……」

ツキハは男達を追い返すとジサン達に声を掛けてきた。

「最近はあんなやつらも出てきたんですね。敵はＡＩのはずなのに……」

ツキハは少し悲しそうに言う。

（………）

ジサンは少しハッとする。敵はＡＩなどと考えたこともなかったからだ。ジサンの人生は明らかにこの世界になってからの方が充実していた。ＡＩはそのきっかけをつくってくれたモノ。少なくともジサンにとって敵ではなかった。

「えーと、危険そうですし、少し同行しましょうか？」

ツキハが申し出る。

「あ、いぇ……大丈夫です」

「いや、流石に女の子もいるようですし、同行させてください」

「え……？　でも……」

「お願いします！」

「あ、はい……」

ジサンは押し切られてしまう。

サラはジサンの陰に隠れ、ぶりっ子モードに突入しているようだ。


「でも、本当、ああいうやつらが出てきてるとは知らなかったですよ」

東エリアへ向かう道すがら、ツキハがそんなことを言う。

「え？　そうなんですか？」

「え？　おじさんは知ってたんですか？」

「え、まぁ……掲示板で噂になってましたし……」

「えっ⁉　マジですか？」

「あ、はい……」

「…………」

ツキハは少し考えるような顔をする。

「じ、実は私、掲示板は見てなくて、初日とかは見てたんですけど……ちょっと気分が悪くなって……」

(確かに、この人は精神衛生上、見ない方がいいかもしれない。有名人って大変だな……)

しかし、だとしたら、この人は、何でここにいたんだろう……とジサンは思う。

「……お姉ちゃんはどうしてここにいたんですかー？」

サラがジサンの心中を代弁するかのようにツキハに尋ねる。

「えっ……!?　えーと……ぱ、パトロールかな？」

(……ん？)

ツキハはなぜか気まずそう……というか、少し恥ずかしそうにしている。襲撃があると知らないのにパトロールはちょっと変だろ……とジサンは思う。

一人で秘密の特訓をしていたなんて言えない……ツキハは少し素直になれないところがある性格であった。ウエノクリーチャーパークは〝自身で戦う相手を選べる〟、〝そこらのダンジョンより強い敵に戦える〟という点で、レベル上げするのには適していた。

「そ、それはそうと、そのフヨフヨ浮いてるのは、もしかしてモンスターですか？」

「そうですが……」

「おじさん、もしかしてテイマーですか？」

「えぇ……」

「へぇー、珍しいですね」

「そうなんですかね……」

「そうですよ。それにしてもかわいいですね！　その子！」

「きゅうううん」

　フェアリー・スライムはまんざらでもなさそうであった。


「って、おじさん、どこ行くんですか？　そっちは出口じゃないですけど」

「え……？　ゾウですが……」

「ゾウ!?　ゾウってレベル50の？」

「え？　そうですが……」

「お、おじさん……失礼ですが、ゾウってこのパークで一番、強いってご存知ですか？」

「あ、そうだったんですか……」

　ジサンは知らなかった。ルィからはただ、ゴリラ↓キリン↓ゾウの順番で倒すとしか聞いていなかったからだ。

「レベル50っていうと、強さ的には中位の魔公爵くらいありますけど……」

「あ、それは知ってます……」

「えっ？　それに一人で挑むんですか？」

「い、いや……二人と一体ですが……」

「あっ……失礼……」

ツキハはサラとフェアリー・スライムをカウントしなかったことを詫びる。

「……」

「し、失礼でしたが、やっぱり危険だと思います……」

「危険は承知です」

レベル的には安全圏ではあるが、ゲームとはいつ何が起こるかわからない。そういう意味では常に危険ではあるとジサンは考えていた。

「それでは……」

ジサンはツキハが暗にやめた方がいいと言っているのは何となくわかったが、今更、引き下がるわけにもいかなかった。

「わ、わかりました！　行ってもいいです。私にそれを止める権利なんてありませんし」

（…………）

「だ、だけど、せめて私も行かせてください！」

（……え？）

「それはちょ……」

「お願いします！　ここで行かせて、もしものことがあったら、私、悔やんでも悔やみきれません」

（……）

強き者とは惹かれあうものなのか……ジサンが組んだ初めての真正の人間のパーティメンバーは、超有名プレイヤー月丸隊の勇者：ツキハであった。

◉

「スキル：ブレイヴ・ソード‼」

「パォオオオオオオオオ」

（おぉ……）

開幕一番、ツキハはスキル：ブレイヴ・ソードを発動する。

剣の先から放たれる極太のレーザーのような斬撃がゾウことエレキ・エレファントを襲う。HPゲージは一気に1／3くらい削られ、残り2／3となる。ツキハは心なしかドヤ顔だ。

（魔法：フルダウン）

ジサンは全ステータス下落のデバフ魔法をかける。耐性が低い敵には最大二段階のステータスを下落させる凶悪なデバフ魔法である。エレキ・エレファントは耐性が低かったようで、二段階下落が成功する。

リアル・ファンタジーのステータスはHP、MP、AT（攻撃力）、AG（敏捷性）の四つである。

ただし、プレイヤーの防御力や魔法防御力は装備品のみで決まる仕様で、モンスターについては裏数値として設定されている。

「え!?　ステータス全部下がった!?　魔法：フルダウン？」

　ツキハが驚く。

（……あ、しまった）

　ジサンは普段、魔法名やスキル名をあまり口に出さない。だが、使用された魔法やスキル、バフやデバフの状況はポップアップとして表示される。

「パォオオオオン」

　エレキ・エレファントが怒り狂うように雷《いかずち》を纏いながら突進してくる。

「ふん……」

　ジサン、ツキハ、フェアリー・スライムはそれを避けたが、サラだけは逃げない。彼女にとって、格下相手に逃げるなどということは例え演技中であっても許されないことなのだ。なお、プレイヤー権限時には回避行動権限があるため、理論上は回避が可能である。ただし、ボスには基本的に回避行動権限がないため、モンスターとしてのサラは回避行動権限がない。その代わりにモンスター時には、HPが極めて高く設定されるというわけだ。

「サラちゃん!!」

　ツキハは驚き、何とかサラの方へ向かおうとアクションするが、その間にもサラはエレキ・エレファントの突撃を正面から受ける。HPは幾分、減少するが、突撃を一〇〇〇回は耐えられそうだ。

「え……」

ツキハはその結果に目が点になる。

「デバフの効果がすごいみたいですぅ」

サラはにこやかに微笑む。

「あ、そうかな……」

「きゅううん」

フェアリー・スライムが鳴き声をあげる。エレキ・エレファントの場所に幾何学的な紋章が多発的に発生する。フェアリー・スライムの攻撃魔法：〝エレメント〟の発生エフェクトだ。

「パォオオオン」

［CRITICAL HIT］

クリティカルヒットの情報がポップし、エレキ・エレファントのHPが激減し、残り1／8程度となる。

「え……」

フェアリー・スライムはレベル60、エレキ・エレファントより格上だ。その上、魔法防御が二段階下落していてクリティカルヒットしてしまえば、これくらいのダメージは当然だ。

テイムするためには止《とど》めは自ら刺さなくてはいけない。

ジサンはアングラ・ナイトのその高い敏捷性《アジリティ》を駆使し、一気にエレキ・エレファントに接近し、剣を突き刺す。

エレキ・エレファントのすでに少なかったHPゲージは一気に目減りするが、残り1のところで停止する。
［エレキ・エレファントが仲間になりたそうだ］
［テイムしますか？］
［はい］
　ファンファーレが流れる。

■エレキ・エレファント　ランクN
レベル：50
HP：998　MP：200
AT：420　AG：187
魔　法：サンダー
スキル：ボルトッシン、フラワーウォーター
特　性：巨体

　久しぶりのランクNテイム成功に、ジサンも満足げだ。

「…………え、テイムしちゃったんですか？　えっ？　えっ？」

ツキハは混乱している。


「え……おじさん達、強くないですか？」

戦闘後、部屋から出ると、ツキハが幾分、眉をひそめつつ訊いてくる。

「そ、そうですかね……」

ジサンも流石に少し気づく。もしかして俺ってまぁまぁ強い方なのかな……

（まぁ、結局のところサラが強過ぎるだけだとは思うが……）

ジサンはサラのステータスを見たことがないため、自身の方が高いことを知らない。

「では、次、行きます」

「えっ!?　まだやるんですか？」

「あ、はい……」

これで恐らく隠し魔公爵：ドミクの解放条件が揃ったはずだ。

「えっ……魔公爵：ドミク　レベル69？　こんなやついたの!?」

ジサンらに連れられ、移動した部屋の前に提示されたプレートを見て、ツキハは驚きの声をあげる。

「一定条件で出現する隠しボスのようです」

「マスターはこのボスの報酬、すごいテイム武器を手に入れるために来たんだよー。さっきのゾウはそのための条件ってわけ」

「そ、そうなんだ……」

一体、どこでそんな情報を……掲示板見た方がいいかな……と思うツキハであった。


ドミクはパンダのボスであった。

魔公爵はレベル40から70程度と幅が広いが、このドミクはレベル70に近く、魔公爵としては最上位に近いだろう。ジサンはテイム確率を上げるため、テイム性能がやや上ランクの武器に変更する。

＝＝＝＝＝＝＝＝＝＝＝＝＝＝＝＝＝＝＝＝＝＝＝＝＝＝＝＝＝＝＝

■誓いの剣

AT＋0

【効果】

モンスターをテイムできる。テイムランク激高。

能力が低下する。

テイムするためには戦闘の最初から最後まで装備している必要がある。

＝＝＝＝＝＝＝＝＝＝＝＝＝＝＝＝＝＝＝＝＝＝＝＝＝＝＝＝＝＝＝

テイム武器は高ランクになると、自身へのデバフ効果も付いてくる。いざとなれば戦闘中に装備を変更することも可能だが、その場合はテイムが失敗してしまう。

◉

ドミクとの戦闘――。

ドミクは終盤、強力なバフ魔法を掛けて抗戦してきたが、それでもこのパーティの敵ではなかった。

ただ、デバフ効果の〝誓いの剣〟を付けていたこと。サラは基本的にジサンより目立つことのないように立ち回ってくれたようで、ツキハにとって最初の一戦目ほどのインパクトはなかった。

■ドミク　ランクO（ユニーク・シンボル）
レベル：69
HP：1420　MP：448
AT：780　AG：525
魔　法：アップアップ
スキル：パンダラリアット、笹食い
特　性：偏食

＝＝＝

■契りの剣TM
AT＋0
【効果】
モンスターを〝必ず〟テイムできる。
能力が低下する。
テイムするためには戦闘の最初から最後まで装備している必要がある。

＝＝＝

「いいんですか？」

「私はテイマーじゃないから使わないですし」

「す、すみません……」

ボスの報酬はＭＶＰを獲ったプレイヤーに与えられる。その仕様を失念しており、うっかりツキハにＭＶＰを取られてしまったジサンはツキハからボス報酬を譲ってもらう。

……この人、いい人だなぁ……と少し思うが、あまり人を信用し過ぎない方がいい……と自己抑制してしまうのがジサンなのであった。

それはそうとして、ユニーク・シンボルモンスターのドミクと、念願の１００％テイム武器〝契りの剣ＴＭ〟を手に入れ、ジサンはホクホクであった。

◉

「それじゃあ……これで……」

ジサンは目的を終え、ダンジョンを出ることを伝えると、ツキハもこの短かった共闘を終えることを了承する。

「わかりました。私も今日はこれくらいにしようかな」

ジサン達は東エリアの出口から、ツキハは西エリア側から帰宅するらしい。そのためツキハは元来た道を戻るとのことであった。

「では、またどこかで……」

「はい……」

それぞれが背を向け、それぞれの出口へ歩き出す。

(………)

「あ、やっぱちょっと待って」

「っ!?」

振り返るとツキハがこちらを向いていた。

(………?)

そして、ツキハは意を決するように言う。

「あの、おじさん達、強いし……もしよかったらフレンド登録しませんか?」


世の中にはまだまだ表に出ていないだけで強い人達がいるんだなぁ……

ジサンさん……か……じさんさん………呼びづらっ……!

〝さん〟が二つ重なって呼びづらいなんて他人の立場に立つことが苦手であったジサンが命名時に考慮できるわけがなかった。

ツキハは一人、帰途にて思う。流石に私とか〝ミテイ&ミズカ〟より強いってことはないと思うけど。ツキハは自分自身が知る最強クラスのプレイヤーの名前を想起する。

「なーんかもう少し、修行しよっかなー」

ツキハは強いプレイヤーに出会い、もっと強くならねば……という単純な思考により、今日はもう少し経験値を積むことにする。

東エリアから西エリアへの一本道の手前にはレベル40、下位の魔公爵程度の強モンスターであるブラック・シロクマがいる。

さて、こいつをソロで……

ツキハはブラック・シロクマの部屋に入る。

……そして、それを見ていた者達がいた。


「ふぅ……」

ちょっと手強かったけど、こいつくらいはソロでしっかり倒さないとね。そう思いながら、ツキハは戦闘用の部屋を出る。

「っ……!?」

目の前の光景に流石の勇者も焦りの色を隠せない。

「ぐっどいぃぃいぶにんぐ！」

「勇者さーん、来たよぉおお」

「っ……!?」

そこには、十数人規模の武装した男女が勇者の帰還を待ち伏せしていた。

「あんた達、何を……」

「何って、言ったでしょ？　覚えてろよ！　って……何？　もう忘れたの？　もしかして脳筋かな？」

そう言った男は確かに先ほどジサンを襲撃した男達の中にいたような気がした。筋肉質で、頭には派手なバンダナを巻いている。

「っ……」

「さーて、隠しクエストの始まりですよ。そういうの好きでしょ？　勇者ちゃん」

バンダナがニタリと口を歪めて言う。

ツキハはすぐに大技であるスキル：ブレイヴ・ソードを使用することを想起する。だけど、人に対してこんなこと……その倫理観が彼女の行動を一歩遅らせる。


＝＝＝＝＝＝＝＝＝＝＝＝＝＝＝＝＝＝＝＝＝＝＝＝＝＝＝＝＝＝＝＝＝＝＝＝＝＝

■仕様変更③

③プレイヤー同士のダンジョン内での攻撃解禁

これまで禁止していたプレイヤー同士の攻撃をダンジョン内に限り解禁します。モンスターとの戦闘中はこれまで通り同士討ちは発生しません。プレイヤーの通常武器による攻撃でＨＰがゼロになった場合、死亡はせず、三〇分間の行動停止となりますのでご安心ください。気軽に決闘をお楽しみください。

＝＝＝＝＝＝＝＝＝＝＝＝＝＝＝＝＝＝＝＝＝＝＝＝＝＝＝＝＝＝＝＝＝＝＝＝＝＝

プレイヤーによりＨＰがゼロになっても死にはしない。三〇分間の行動停止になるだけだ。どうせ死にはしない。そう割り切ることができたのなら、強力なスキルによる攻撃を即座に使用することができたかもしれない。しかし、ツキハはその一瞬でそれが決断できなかった。

「うぉおおおお！　かかれぇ‼」

襲撃者は全員まとめてツキハに襲い掛かる。

「くっ……」

これだけ沢山の敵に近接攻撃を仕掛けられては大技のブレイヴ・ソードは使用できない。ツキハは何とかその卓越した剣裁きで襲撃者達の攻撃を受けようとするが、多勢に無勢……それも限界があった。

「チェックメイト……」

「っ……⁉」

その刹那、襲撃者の一人が粘着質な笑みを浮かべるのが見えた。

「スキル：蔓拘束ぅう」

「きゃぁあ!!」

ツキハは思わず悲鳴をあげる。そして、自分の体が蔓《つる》のようなもので拘束されてしまったことに気付く。ツキハは地面にへたり込む。

魔法は……？　使えない……

スキルは……？　やっぱり使えない……魔具……。これもダメ……

〝ゲーム的に〟拘束されている……やばいやばいやばいやばい……！

ツキハは最初に倒した魔王、アンディマとの戦いを思い出す。あの時も本気で死にかけた。

だが、今のこの状況は、その時とは違うことがいくつかあった。

〝あの時は一瞬の出来事であった〟、〝あの時は仲間がいた〟、〝あの時はミテイがいた〟

「くっ……！」

ツキハは襲撃者達を睨みつける。

「あぁ……いいね……その顔……最高……」

「っ!!」

「この凛とした顔がこれから歪んでいくのかと思うと、最高に興奮してくる」

バンダナがニタニタしながらツキハを見つめる。

「ちょっとあんた悪趣味ね……」

敵の中には数名だが、女性もいる。何とか温情を……

「撮影スキル使える子、いたわよね。ちゃんと撮影しといてあげるから。それをネットで晒すとかー……」

「っ…………！」

ツキハはどこかまだ大丈夫だろうという感情が一切消え去り、本気で恐怖を感じ始める。

「な、何をするつもり……？」

ツキハは恐る恐る尋ねる。

「えー……どうしようかな……あ、勇者ちゃんってそう言えば、処女なんでしょ？」

勇者にクラスチェンジする条件に〝純真無垢であること〟があるのは事実であった。

「っ……！」

「まずは勇者の状態でそうじゃなくなったらどうなるのか実験してみようかなぁ」

「っっっっっ……下衆野郎ども！」

「あ゙!?」

「きゃっ!!　あ゙……やめ……」

ツキハは激しく殴打される。

「舐めた口、聞いてんじゃねぇぞ？　立場わかってんのかぁ!?　俺はなぁ！　舐められるのがこの世で一番嫌いなんだよ!!」

「っっ………」

「まぁ、でもさ……悪いことばかりでもねえさ……勇者ちゃん」

「……な、何？」

「処女を捨てたら、もしかしたら新しいクラスに目覚めちゃうかもしれないだろ？」

「っっ！」

周囲はバンダナの発言でどっと笑いが生じている。

「っ……」

ダメだ……もうダメだ……なんでこんなひどいこと……。

敵はＡＩだけでいいはずだ……。

どうして……？

あまりの理不尽にツキハの目からは涙が溢れてくる。

「ははっ……泣いてやがる……涙、飲んでもいいかな？」

「きもすぎ……！　ポーション用の瓶ならあるけど？」

「……っ！」

ツキハは、侮蔑することを言いながらそれを支援するようなことを言う女に狂気を感じる。

「だったらお漏らしするまでやるか？　……あ、お漏らしはお前の専売特許か……」

「っ!!　うるさい……！　殺すわよ？」

「ははは……冗談だって！」

「………」

「さーて、そろそろいただいちゃいましょうか」

「っっっ」
「うわぁ……やっぱめっちゃ美人で興奮する……」
バンダナの手がツキハへと向かう。ツキハはぎゅっと目を瞑る。
それが無茶な願いであるとわかっていても……彼女は望むしかなかった。

ダメ……助けて……ミテイ……。

「スキル：地空裂」

「え……？」
ぼそりと小さな声が聞こえたような気がした……

巨大な斬撃が一つ。
そして、辺り一帯は、まるで激甚《げきじん》災害でもあったかのように壊滅的に破壊される。

手に入れたならすぐに試したい。

それがゲーマーの心理というものだ。

契りの剣TMを使いたい。ただそれだけだ。

「サラ……あと一体だけ……」

「勿論です！　マスター……どこまでもお供致します」


うわぁ……何この状況……

ジサンはその現場を発見してしまう。

って、あれ……ツキハさん⁉

集団に襲われていたのは先ほどまで共にいた女勇者、ツキハであった。

やばいのか……これ……

でも、ツキハさんなら自力で何とか……俺が行っても足手まといになるだけかも……

ジサンは無意識に自分自身が助けに行く必要がない理由、助けに行くことが無駄であった場合の想定を探してしまう。

（うわ……）

だが、状況は次第にエスカレートする。

ツキハは殴られ、涙を流している。

「なぁ、サラ……助けに行った方がいいのだろうか？」

この期に及んで、ジサンは自身で決断ができず、他人にアドバイスを求める。

だがそれは……ジサンが持たざる者で無くなった証。なぜなら、それは〝相手〟がそこにいるからこそできること。

「マスター！　ここにいるのはなぜでした？」

「え……？」

「その剣の〝試し斬り〟にちょうどいいのでは？」

アドバイザーはにっこりと言う。

「………テイム対象がいないだろ……」

ジサンはふふっと笑ってしまう。


強い……ただただ強い斬撃が地面に叩きつけられる。

「えっ……？」

バンダナや狂気の女もその衝撃音に気付く。

地面には一筋の地割れに近い巨大なひび割れがある。

「「「うわぁあああ゛あああ゛ああ」」」

次の瞬間には阿鼻叫喚に陥る。

地割れの周囲が一気に崩壊を始める。

「なになになにぃいい!?」

女が声をあげるが、そんな間にも、襲撃者達のHPゲージは次から次へと吹き飛ばされ、バタバタと倒れる。

「何なんだこれぇえええ!!　ぐわぁあ!!」

「きゃあああああああ!!」

そしてついにバンダナと女のところにもその衝撃は到達する。

誰かが私を助けに……ミテイじゃない誰かが…………

…………って、えぇ？　えぇえええ？　わ、私も巻き込まれてるぅううう!!

ツキハは行動停止となった。


意識が朦朧としている。

行動停止になったから？

十数人が力を失い、転がっている現場に足音が聞こえる。

その足音はこちらに近づいてくる。

「げっ！　茂木さん⁉」

………茂木？　誰？

だけど、この声は……。


「はっ……！」

ツキハは目を覚ます。

「………」

ダンジョンの外、恐らくどこかの宿の一室であった。ツキハはソファに寝かされていたようだ。

「あ………パークのすぐ近くの……」

ウエノクリーチャーパークが目と鼻の先にある宿であることに気が付く。

「きゅぅうううん」

「っ！」

そこにはジサンが連れていたフェアリー・スライムがいて、ツキハが目覚めたことを確認すると、一つ、開かれていた窓から静かに去って行く。

「あっ……ちょ……」

おじさんだ……あのおじさんが助けてくれたんだ……ツキハは確信する。

「うむ、大丈夫そうだね？」

「っ⁉」

急に誰かの声がして、ツキハがその方向を見る。窓のサッシに幼げな少女が腰かけている。

「……サラちゃん？」

「そうだよ」

サラは偉そうモードでいきたいのだが、今後、ジサンがこの人間と関わりを持つ機会が増えるかもしれないと思い、多少、遠慮気味になり若干の口調迷子になる。だが、急に窓のサッシに現れたという事実だけで、ツキハには充分、〝この子も只者じゃない〟と思われているのであった。

「えーと……」

「マスターに一応、大丈夫そうか確認しといてくれと言われましてな」

「そ、そうなんだ……あ、あの……ありがとう……」

「ふん……大丈夫そうなら大丈夫じゃ……です」

「……」

「それじゃあな……です」

サラは窓から去ろうとする。

「あ、ちょっと待って！」

「ん……？」

「あ、あの……あのおじさんは何者なの？」

ツキハは恐る恐る聞く。


「うーん、そうだな…………ただのダンジョン好きのおじさんですよ」


サラは嬉しそうにニコリとしながら言う。

「え……？　ダンジョン……おじさん？」

「それじゃあな……」

「…………あ……行っちゃった……」

…………

ジサンさん…………………いい人だったな……

「って、何考えてんだよ!?　相手はおじさんだよ……！」

それに……

「…………」

ツキハには想い人がいた。その人物はかつて共にパーティを組み、第四魔王：アンディマに挑んだ人物であった。諸事情があり、その人物はボス討伐リストには掲載されていない。

そして、その人物は、やはり諸事情あり、とある女性とある意味〝同棲状態〟であったのだが、それでも彼女の脳の恋愛を司る部位、腹側被蓋野《ふくそくひがいや》は全てその人物で満たされていた。

だが、どうやらテイム武器の効果が幾分、あったようである。

その器の中に、ほんの少しだけ謎のおじさんの領域が確保されたのであった。


絶対に……絶対にあいつだけは許さない……

この私をコケにしやがってっっ……!!

奇襲なんて卑怯極まりないっっっ!!

小嶋の分際で！　小嶋の分際で!!　小嶋の分際で!!

茂木彩香は逞《たくま》しかった。

常人なら二度と関わりたくないと思うのが普通だろう。だが、彼女は違ったのだ。恨みが原動力となる。そういう人間も確かに存在する。だが、単純な恨みというわけでもない。彼女の場合、やや特殊な因縁が小嶋三平との間に存在していた。

『なぁ！　彩香!?　あれって罰ゲームだよな？』

「っ⁉」

カスカベ外郭地下ダンジョンの一件以来、風化しかけていたその因縁がウエノでの出来事により歪な形で、より強固な姿で再燃してしまう。

「これ以上、最悪な罰ゲームがどこにあるって言うの……？」

彼女は独り言を呟く。

しかし、彼女は力量の差がわからない程、馬鹿でもなかった。実力勝負では絶対に勝てない。

「いいのあるじゃない……」

だからこそ彼女はボスリストを眺め、ほくそ笑んだ。

■ナイーヴ・ドラゴン　ランクN
レベル：60（MAX）
HP：1392　　MP：0
AT：640　　AG：257
魔　法：なし
スキル：剛爪、クリムゾンブレス、体を休める
特　性：純粋、飛行

（……ナイーヴ・ドラゴン……今日はよく頑張ったな……しかし、レベルがカンストか……ランクNは60が成長限界ということか……）

ジサンは一仕事を終えた旅先の旅館にて、壁に寄り掛かり座りながら端末を確認していた。

（!?）

と、急に見慣れないポップアップが出現する。

（……メッセージだ）
ジサンは恐る恐る開封する。
［ツキハ：この間は助けていただき有り難うございました。何とお礼を言ったらよいか……ぜひ直接、お礼に伺いたいのですが、お忙しいところ恐縮ですがお時間いただけないでしょうか？］
（うお、マジか……）
ジサンは努めて冷静を装う。
［ジサン：気にしなくていいですよ］
［ツキハ：そうはいきません。何とかお願いできないでしょうか？］
（うーむ、困った……）
［ジサン：わかりました。ですが、今、すでにトウキョウを離れていまして］
［ツキハ：そうですか……］
（うーむ）

［ジサン：トウキョウに戻りましたら、一報入れます］
［ツキハ：有り難うございます!!］

（意外と律儀な子だ……）

［ツキハ：あ、それと、差し支えなければですが、ジサンさんはボス討伐はされていないのでしょうか？］
［ジサン：積極的には行っていないです］
［ツキハ：そうなんですね……お強いのに意外です……で、あれば図々しいようですが、魔王：アルヴァロに関する情報をもしお持ちでしたらご提供いただけないでしょうか？］

（……？）

［ツキハ：今、私達は魔王：エスタとアルヴァロの討伐を目指しています。理由はこの二魔王の報酬が凶悪すぎるからです］

＝＝＝＝＝＝＝＝＝＝＝＝＝＝＝＝＝＝＝＝＝＝＝＝＝＝＝＝＝

魔王　エスタ　　　　　　魔具：最強千　　最上位プレイヤーと同等になれる
魔王　アルヴァロ　　　　魔具：呪殺譜　　任意のプレイヤー一名を死亡させる

＝＝＝＝＝＝＝＝＝＝＝＝＝＝＝＝＝＝＝＝＝＝＝＝＝＝＝＝＝＝＝

（冷静に見ると確かにすごいな……）

［ツキハ：特にエスタの方は悪人に渡ってはいけないものだと今回の件で強く思いました］

強化《バフ》と弱体化《デバフ》、どちらが効果的かの話に似てるなとジサンは思う。
確かに一見、アルヴァロの方がやばそうだが、長い目で見るとエスタの方が危険ではある。

［ツキハ：差し当たって守護するダンジョンが公開されているエスタの方から行こうと思っています。エスタは挑戦条件に他の魔王を討伐していることがあるようで、すぐに他の人に取られてしまうことはないですが……］
［ジサン：なるほどです］
［ツキハ：なので、もし討伐を目指されていないのでしたら、エスタ、アルヴァロに関する情報が入

りましたらお手数ですが、教えていただけないでしょうか？」
［ジサン：わかりました］
［ツキハ：それではお時間とらせてしまい、すみません。ご連絡お待ちしています］
［ジサン：わかりました］

（ふぅ……女の子とメッセージなんていつぶりだろうか……下手したら学生時代の茂木さん以来かもしれない……）

ウエノでの出来事の翌日の夜、ツキハからジサンにお礼のメッセージが送られていた。
冷静に考えると来てしかるべきなのだが、ここのところ人付き合いとは無縁であったジサンは全く予期しておらず、内心かなりドキドキしていた。

（さて……）

［ジサン：アルヴァロの情報教えてくれ］

ジサンは別の女の子にメッセージを送る。先ほどまで女の子とのメッセージに緊張していたとは思えないほどに心は落ち着いていた。

［ルィ：やっほー！　初めての遠隔利用ありがとね！　魔王：アルヴァロの情報？　有料だよ］
［ジサン：いくらだ］
［ルィ：十億カネです］
（高っ！　相変わらずぼったくりだな。流石に人助けでこれはきついな……）
［ジサン：やめとく］
［ルィ：あら、残念。たまには私のところに遊びに来てねー］
（……遠いからなぁ）
「マスター……先ほどから何をしてるのですか？」
旅館につき、浴衣姿のサラがチョロチョロと寄ってきた。
「ちょっとな……」
「ふーん、怪しいです」
「気にするな……」

「はーい」

サラは深くは詮索してこない。

「さぁ、今日はもう寝るぞ……」

「は、はい……」

ジサンは電気を消して、布団に潜り込む。

「あ、あの……マスター……」

と、サラが小さな声で話し掛けてくる。

「ん……？」

「私のこと……テイムしなくていいんですか？」

（……）

ジサンは一瞬、言葉に詰まる。確かに〝契りの剣ＴＭ〟があれば理論上、サラを再びテイムすることもできた。

「……いや、今はこのままでいい」

「そ、そうですか……」

サラは複雑な顔を覗かせる。

ジサンがこのままでいいとした理由はいくつかある。

まず最大の理由はサラを倒すことはできないと思っているからだ。

〝契りの剣ＴＭ〟によるデバフ状態では、大魔王であるサラに勝利することは超高難易度であった。

ゲーム的にサラが手を抜くことができるのかどうかも不明であった。実際のところ、ボス：サラには〝ドラマチック演出権限〟と呼ばれる状況次第で強弱を変更することができる権限は付与されていなかった。

そしてもう一つはサラをテイムしない方がモンスター枠を一つ多く使えるという利点があった。

このような合理的な理由……がなかったとしても恐らくジサンはサラをテイムしなかっただろう。

「あの……マスター」

（……今度は何だ？）

「添寝……してもいいですか？」

「……」

サラはこうして時々、添寝をしたがる。

……寂しいのだろうか？

ジサンはふと思う。

モンスターにも父や母はいるのだろうか……

今の俺は父や母に甘えたいなどとは僅かばかりも思わないが……昔はどうだっただろうか……

「あぁ……」

「有難うございます!!」

「……」

サラが背中側からピトっとジサンにくっつく。

（俺にちゃんとこの子を育てられているだろうか……）

と妙にまじめに考えているジサンは……

はわぁあああん！　ラヴ！　ラヴ！　マスター!!　ラヴ!!　激ラヴ!!

と心の中で叫ばれているとは思っていない。


翌日……

「え……？　どういうこと？」

ジサンとサラはチバの南側、カモガワオーシャンダンジョンに来ていた。

ジサンは珍しい海洋ダンジョンということで、トウキョウに戻る前にぜひとも寄ってみたかったのだ。

しかし……

（……これ、ダンジョンじゃなくて、普通の……）

それはダンジョン化する前の〝カモガワオーシャンワールド〟の姿であった。ゲートの前には、ダンジョン攻略に来たとは思えない家族連れやカップルで溢れかえっていた。

「マスター……今日は〝回帰日〟のようですね」

（え……？　なんて？）

「せっかくだから観ていきませんか？　私、行きたいです！」

「あ、はい……」

こうしてサラを水族館に連れて行ってやることになった。


「仕様変更以降、一部のダンジョンはこうして時々、以前の姿に戻るようになったようです」

「まじか……」

ジサンはＡＩから配信される〝重要なお知らせ〟以外の通常の〝お知らせ〟は全部見ているわけではなかった。

「そうですそうです。ちなみにマスターは〝リアル・ファンタジー〟を支える三つの技術を知っていますか？」

「えーと……確か……具現……なんだっけ……」

「〝亜空間凍結技術〟、〝異次元接続技術〟、そして〝具現現実技術〟です」

「あー……そうだっけ……」

（いや、前二つは全く知らないのだが……具現現実技術は聞いたことがある）

具現現実技術……通称、リアル・リアリティ（R2）は、ＶＲ（仮想現実）、ＡＲ（拡張現実）からの飛躍技術としてＡＩに乗っ取られる以前から理論の提唱自体はされていた。仮想空間で想像されたモデルを現実に重畳《ちょうじょう》するという正に魔法のような技術であった。

「この回帰日は三本柱の一つ、〝亜空間凍結技術〟の賜物というわけです」

「……なんて？」

「亜空間凍結技術です！　ざっくり言うと、空間そのものを別の亜空間にてコールドスリープしておくというものです」

「なるほど……」

（……わからん）

「というわけで、今日はめいっぱい水族館デートを楽しみましょう！」

「え？　……あぁ」

（……全くませた子だ……）


「うわー！　すっごい綺麗！　すっごーい！」

サラはきゃっきゃっと燥《はしゃ》ぐ。

「カメさん！　カーメさーん」

浅瀬を再現したような展示では、美しい砂地に多種多様な珊瑚、透き通った海水の中を小魚や子亀が自由気ままに泳いでいる。

「カメさん！　カーメーーさーん」

サラは子供らしくアクリルにべたっと張りついて子亀にしきりに話し掛けている。子亀が不思議そうにサラを横目に見ながら、プカプカと気持ちよさそうに浮いている。

「サラ……小さい子が真似するぞ」

（あと……角でアクリルが傷つく危険が……）

「あっ……すみません……マスター」

サラは注意されると、すぐに離れる。

「マスター！　あっちにも何かあるようです！　行ってみましょう！」

「あぁ……」

サラはずいずいと通路を進んでいく。ジサンはそれに離れすぎない距離で付いていく。


「やっぱりカモオーと言えば、これ！　シャチのショーですよね！」

（そうだとは思うが……）

何で生後一年強のお前がそれを知っているんだ？　やはり例のデータアー……なんちゃらに情報が格納されているのだろうか、などとショーの会場のシートに腰かけながらジサンは考える。

「シャチのフォルムって素敵！　無駄がないし……それにカッコいいのに何となく愛嬌があるところ

とかマスターに……」

「お、おう……？」

「何と言っても自然生物最強のところが……」

「わかってるね。少女よ」

（……え？）

サラの隣にいた少女が突如、話しかけてくる。

そこにいたのは神秘的な銀髪に二本のおさげ、黒地に白い目のような模様の帽子を被った華奢な少女であった。

（この少女……どこかで見たことあるような……）

「君、小さいのによくわかってるね」

シャチのショーを見るために座席で待機していたサラに、隣の白黒の帽子を被った少女が再び話しかけてくる。

（ん……？）

よく見ると、この帽子はシャチなのか……？　とジサンは思う。リアル・ファンタジーが始まって以来、こういった奇抜な装飾品をしたり、髪色をファンタジー風にしたりするプレイヤーが増加した。

故に、サラから角が生えていても特段、誰も気にしない。

「お姉ちゃんもシャチ好きなの？」

「愛しているね」

「へぇー！　趣味が合いますね！」

（……珍しくサラが他人と意気投合している……!?）

これは保護者としては喜ばしいことだ……と勝手に思っているジサンであった。


「始まるね！　お姉ちゃん」

「うん！　始まるね！」

サラと少女は両のこぶしを胸の前に出し、まるで幼い子供がワクワクするかのように待機している。

『お待たせしましたー！　まもなくシャチショーの始まりです』

気分を高ぶらせるようなアップテンポのバック・ミュージックと共にシャチ達が軽やかに泳ぎだす。

「「「わぁあああああ」」」

「「「きゃぁあああああ」」」

開幕一番、シャチが水面から飛び跳ね、背中を水面に打ち付ける。その衝撃で大量の水しぶきが観客席に容赦なく降り注ぐ。当然、それは事前に予告されていたため、前列に座っている観客の防水対策は万全だ。子供達やお祭気質な大人はむしろ濡れることを楽しんでいるようであった。

ジサンはなぜか空いていたギリギリ濡れない、かつ、観賞にはちょうどよい高さの最良のシートに座っていたので水害の恐れはない。

「すごいですね！　すごいですね！　マスター！」

「お、おう……」

ジサンは返事をするばかりで、気の利いた対話もできずにいた。サラの天真爛漫な姿はジサンには少し眩し過ぎて、妙にセンチメンタルな気持ちになっていたのであった。

一方で、シャチ達はトレーナーを背中に乗せて泳いだり、水槽の外枠ギリギリのところを迫力満点に飛び跳ねたり、時には陸上に飛び出し、愛嬌のある姿を見せたりして会場を沸かせている。


ショーも中盤に差し掛かり、雄大な海を思わせるクラシックなバック・ミュージックが流れている。

『シャチは体長最大九メートル、体重は八トンにも及ぶ巨大海洋生物です』

アナウンスを背景にその大きさをひけらかすかのように最も大きな個体がプール中央で高くジャンプする。

「わぁーー！　マスター……！　大きいです！　大きいです！」

サラはジサンの二の腕を掴みながら素直な子供らしく興奮する。

『その巨体にもかかわらず、水中を時速七〇キロメートルもの速さで泳ぐことができます。その鋼の肉体は自然生物最強と言っても差し支えないでしょう』

「その上、知能も高い」

少女はアナウンスの説明が不十分であったのか補足している。

『そんなシャチが突如、モンスターと化したらどうなるでしょうか？』

「…………え？」

会場は凍りつく。


冷静に考えれば、考慮に入れるべき事態であった。

〝回帰日〟。それは仕様変更以来、時々、ダンジョンが元の姿に戻る日のことだ。

では、従業員はどうなっているのだろうか。

人間は一律、プレイヤーにされたはずだ。つまり従業員は当然、ＮＰＣであった。

そして、人々の安全が保障されているのは非武装地帯（通称、ＤＭＺ）のみ。

ここは非武装地帯ではない。


辺りは海中を思わせる広いフィールドに変貌する。

三体のシャチはどこかへ吸い込まれるように消滅し、代わりに禍々しい姿となって出現する。

トレーナーはデーモンのように姿を変え、シャチの背中に乗る。

三体のシャチと、それに跨る三匹のデーモンが観客席をじっと見据える。

「「「きゃあああああ!!」」」

当然、会場はパニックに陥る。

観客達は少しでもそれらから離れたいという生存本能の元、散り散りに逃げ惑う。

(やば……出遅れた……俺達も逃げるか……)

周囲の反応に、ジサンも少々焦る。その間に、停止していたシャチがゆっくりと動き出す。

とその時、誰かが透き通った声で叫ぶ。


「魔法：ギガ・スプラッシュ!!」


(……?)

多数の水柱が〝敵陣営〟に襲い掛かる。

ふと横を見ると、隣の少女がマント姿に変わり、杖を掲げていた。

そして言う。


「私は今、猛烈に怒《いか》っている」

怒れる魔法少女が敵陣の動きを止めている間に、一目散に逃げていた観客達は徐々にフィールドから消えていく。どうやらフィールドの中心から一定の距離遠ざかると、フィールドの外に脱出可能なようだ。

周囲を見ると、勇敢な人達が一〇名程度、武装して各々の武器を構えている。

（……うむ、では退散するか）

ここは勇敢な方々に任せて……とジサンが方向転換しようとすると、逆方向への小さな抵抗を感じる。見ると、サラがジサンの袖を二本の指で摘まんでいた。

「……どうした？」

「マスター……デス・オルカは結構レアモンスターみたいです」

「……!!」

【シー・デーモン】【デス・オルカ】

よく見ると、確かにトレーナーとシャチにはモンスター名が表示されていた。

「……致し方ない」

ジサンの行動判断基準の上位はモンスター図鑑の収集に占められている。

【レイドバトルモード】

【難易度：魔公爵程度×3】
【報酬：参加者全員にレアアイテム〝ダンジョン・マイルストーン〟】
【罰則：バス：チバボウソウ4の没収】
気が付くとレイドバトルモードという文字がポップしていた。

■仕様変更④
＝＝＝＝＝＝＝＝＝＝＝＝＝＝＝＝＝＝＝＝＝＝＝＝＝＝＝＝＝＝＝＝＝＝
④レイドボスの実装
四人上限のパーティ枠を越えた総力戦で挑める強大なボス戦を用意します。勝てば報酬、負ければ罰則のハラハラドキドキバトル！　熱い戦いを期待します。奮ってご参加ください。

＝＝＝＝＝＝＝＝＝＝＝＝＝＝＝＝＝＝＝＝＝＝＝＝＝＝＝＝＝＝＝＝＝＝

（……なるほど、全員で戦えるというわけか。報酬の方はよくわからないが、罰則の方ってもしかして……）

「負けたら帰るのに一苦労しそうですね」

（……中々にいやらしい）

「って、あなたは……！」

「しっ……、今はそんな時じゃない」

その場に残った真面目そうな戦士風情の男が魔法少女に声を掛けようとするが、少女はそれを制止する。

「し、失礼しました……ご一緒できて光栄です」

（ん……？　光栄とは一体……？）

「って、あなた！　そんな子供を……すぐに逃げなさい！」

「えっ……？」

彼の正義感溢れる魂を象徴するかのように赤い鎧で身を包んだ真面目そうな戦士は今度は、正義感皆無のジサンの方に着目する。

（ど、どうしよう……確かに周囲には子供はいない。シャチ少女もなかなか幼く見えるが、ギリギリセーフと言ったところか……）

「ごめんなさい……私、脚を怪我していて……一歩たりとも動けないのです」

サラが機転を利かせる。

「え？　一歩も……？　では、背負って……」

「ごめんなさい……私、高所恐怖症で……」

「え？　そんなに高いかな……では……仕方ない……なるべく下がっていなさい」

「あ、はい……」

「魔公爵三体ならやってやれないことはない！　誰かが命懸けで得た交通網をみすみす奪われるわけにはいかない!!　皆、行くぞ！」

真面目そうな戦士が残った者達を鼓舞する。

「うぉおおおおおおお!!」

皆、その合図と共にモンスターに向かって、突撃する。


プレイヤー達とモンスターとの激しい戦いが繰り広げられている。

三体のシー・デーモンのうち、一体は倒した。残りのシー・デーモンとデス・オルカも残HPは1／3程度である。戦いも終盤だ。

流石にこの場に残るだけあって、皆、最低限のステータス、プレイヤースキルを保有しているようであった。また、時折、少女が絶妙なタイミングで治癒魔法をかけ、プレイヤー達の瀕死を回避していた。

(……あの子、うまいなぁ)

ジサンは驚いていた。

「そろそろ出せるか……一気に決める」

(……ん?)

魔法少女がそんなことを言う。

「魔法：オルカ・スプラッシュ……」

「おぉぉおお!!」

歓声が上がる。

少女の魔法宣言と共に、どこからともなく巨大な〝シャチ〟が現れる。シャチはどこか誇らしげに主人の周りを一周、回ってみせる。

「……これは……」

「マスター……召喚魔法です」

（……つまり……召喚獣……？）

モンスターではなかったが、その単語はなかなかに胸を高鳴らせ、ジサンの目には、杖を構えるその少女が可憐でありながらも勇ましく映った。

「シャチショーを台無しにし、あまつさえ、シャチの美しくもシンプルなデザインを魔改造した罪は深い……」

少女は静かに呟く。

「行って……！　本物のシャチを見せてやれ！」

その掛け声と共に、召喚獣のシャチが生み出した巨大な大波が魔改造されたシャチ達に荒々しく襲い掛かる。

その一撃で、シー・デーモン、デス・オルカがそれぞれ二体ずつ撃滅した。

結果として、デス・オルカが一体だけ残った。水属性耐性があったおかげで辛うじて耐えられたのだろう。

（…………あ、やば……テイム厳しいか……）

「スキル：支配」

「……!?」

サラがスキルの宣言をすると、最後に残っていたデス・オルカが猛烈な勢いで、ジサンとサラの元に接近してくる。

「まずい!!」

真面目な戦士が叫ぶ。

「っ…………！」

少女も僅かな焦りの表情を浮かべている。しかし……彼らの危惧は杞憂に終わる。

デス・オルカのＨＰはいつの間にか１になり、なぜかその場で制止している。

そして、討伐時の消滅エフェクトではなく、他のプレイヤーが見慣れない消滅エフェクトと共に姿を消す。

ファンファーレが流れる。

周囲にいた大抵のプレイヤー達は思う。

なんかよくわからんが、大丈夫だったからいっか！

一瞬の静寂の後、勝利の歓声が沸き起こる。


＝＝＝＝＝＝＝＝＝＝＝＝＝＝＝＝＝＝＝＝＝＝＝＝＝＝＝＝＝＝＝＝＝＝＝＝

■魔具：ダンジョン・マイルストーン

【効果】

任意のダンジョンにおいて自身がそのダンジョンで到達した最深層までの任意階層へ帰還できる。パーティメンバーも同行できる。三回使用すると消滅する。

＝＝＝＝＝＝＝＝＝＝＝＝＝＝＝＝＝＝＝＝＝＝＝＝＝＝＝＝＝＝＝＝＝＝＝＝

（回数制限はあるものの……地下帰還の効果と同じ……まぁ、今後、使わないとも言い切れないな……）

ジサンは報酬を確認しながらそう思う。

（……さて、退散するか）

「あなた何者？」

「え……？」

その場を去ろうとするジサンに魔法少女が話しかけてくる。

「さっきの斬撃、疾すぎ」

（……目立たないように高速スキル：陰剣《いんけん》を使ったのがかえってまずかったか……）

「……まぁ、お気になさらず……」

「あ……」

誤魔化して……いや、全く誤魔化せないままジサンはそそくさとその場を去る。

サラはシャチのことで意気投合したからか、珍しく去り際に手を振っていた。


その晩、掲示板にて回帰日も安全でない旨が伝えられていた。

＝＝

476　名無しさん　ID:ghaiogei
偶然、キサさんがいたのが不幸中の幸い

478　名無しさん　ID:u9uaujoa
>> 476

まじか。羨まし過ぎる

480 名無しさん　ID:gja0u9ioja
>> 476
キサちゃんこそ正義

481 名無しさん　ID:lsgua0ww
>> 476
キサちゃんこそ正義

485 名無しさん　ID:iahh9jwwa
>> 476
キサちゃんこそ正義

＝＝＝＝＝＝＝＝＝＝＝＝＝＝＝＝＝＝＝＝＝＝

流石にジサンも気づく。どうしてもパーティの筆頭である二人、ツキハとミズカに目が行きがちで気付くことができなかった。

しかし、言われてみれば確かに彼女は第三、第一魔王の討伐に関わっていたウォーター・キャットのメンバー〝ヒール・ウィザードのキサ〟であり、全国にその幼さを残しつつも端正な顔立ちが晒されていた。

＝＝＝＝＝＝＝＝＝＝＝＝＝＝＝＝＝＝＝＝＝＝＝＝＝＝＝＝＝＝＝

第一魔王：ロデラ
└討伐パーティ〈ウォーター・キャット〉
**　├ミズカ　クラス：魔女**
**　├ユウタ　クラス：長槍兵**
**　└キサ　　クラス：ヒール・ウィザード**

＝＝＝＝＝＝＝＝＝＝＝＝＝＝＝＝＝＝＝＝＝＝＝＝＝＝＝＝＝＝＝

（……さて、明日はカモガワオーシャンダンジョンに行って、明後日はトウキョウに戻るか）
そう思っていたジサンであったが、トウキョウへの道中にて偶然、〝モンスター牧場〟を発見してしまうのであった。

「マスター！　あれ、何ですかねー？」

「ん？」

トウキョウへ向かうバスの中、ジサンはウトウトしていると窓の外を見ていたサラが話しかけてくる。

外に大きな塔状のダンジョンらしきものを発見する。

一般的なダンジョンと異なり、上階になればなるほど広くなっているのか逆さ八の字のような形状をしている。

（あんなダンジョンあったのか……）

ジサンは気になり地図を確認すると何とも幻惑的な文字が飛び込んでくる。

【モンスター牧場タワーダンジョン】


（来てしまった……）

ジサンは次の駅にてバスを降り、逸《はや》る気持ちを抑えつつ、牧場タワーなる建造物のところに辿り着く。早速、最下層に入ってみる。

（……お？）

「かわってますね……」

サラが言うように、そこはなぜかエレベーターホールのようになっていた。

ダンジョンにエレベーターって、いいのかそれ……とジサンが思っていると……そのエレベーターが降りて来て、扉が開く。

「いらっしゃいませー」

中からは少年が出てくる。作業着姿の割と小柄な少年だ。ブロンドのくせっ毛で、たれ目気味の優しそうな表情。鼻の周辺にはそばかすが少しあった。

（……NPCか？）

「お客様が五組目の見学者です」

「はぁ……」

「ここは一昨日、完成したばかりなんです」

（……なるほど、それで全国マップを見ていても気づかなかったというわけか……）

「未だに一人も買い手がいなくて、ちょっと悲しいです……」

「はぁ……」

（買い手とは？）

少年は説明を始める。

「僕はダガネルと申しまして、この牧場タワーの総合管理を任されています。この牧場は〝ティマー〟、〝モンスター収集好き〟の方のための施設です。見たところお客様はモンスター収集を積極的に行っているようですね」

（……ふむふむ）

「プレイヤーの方は、この牧場の各階層のうち一階層のみですが、ご購入いただけます。牧場はモンスターＢＯＸと直結しており、モンスター達はＢＯＸ待機時、この広大な牧場でのびのびと生活することができます」

「買う」

「えっ⁉」

「だから買う。いくらだ？」

「ちょ、ちょっと待ってください。有り難いのですが、せっかくですので、もう少しセールストークをさせてください」

「……はい」

「牧場にはテイマーの皆さんを支えるたくさんの施設があり、牧場レベルを上げることで徐々に施設を拡張させることも可能です。最初から利用可能な施設としては、〝自主訓練施設〟、〝優勢配合施設〟です」

（……ふむふむ）

「〝自主訓練施設〟により、ＢＯＸ内のモンスター達は少しずつですが、レベルが上がります」

（……買う）

「〝優勢配合施設〟では配合時に優先素体を選択することで、配合後の姿をその種族に近い形にすることができます。例えばスライム族を優先素体にすれば配合後の姿もスライム族となるわけです」

（……買う、絶対買う）

「あとはモンスターレンタルというのができまして、自身のレベルによる制限はありますが、他の階層を購入したプレイヤーが貸出許可を出しているモンスターを借りることができます」

（……それはいらないかな）

「ユニーク・シンボルは借りることで図鑑データを埋めることができます」

（買う!!）

「それでお値段の方ですが、上階ほど高額になっており、下層は共有施設となります。最安値で一〇〇万カネ、牧場部最上階である100Fは一〇億カネとなっています。ちなみに最上階の一つ下の階層99Fは五億カネです」

（……!? 一〇億カネ……多少は残るが、ちょうど俺の全財産くらい……）

この世界の〝カネ〟は取引そのものは自由であるが、〝発行〟はモンスター討伐のみで行われる。

ゆえにジサンはカスカベ地下ダンジョンを出た際、それなりのカネを所持していた。その額、実に一五億強。だが、そのうち五億は〝契りの剣TM〟の情報を貰う際にルィに毟り取られた。

そして今、ほぼ全財産を叩《はた》けば牧場の最上階を購入できる。

「最上階のメリットは何と言っても広大な土地。BOX内のモンスターであれば、牧場収容モンスター数〝無制限〟です！　更にモンスターの食事やメンテナンスなどの煩わしい作業は全て自動で行われます！」

（……なんと……）

「さぁ、どうしますか？」

（……）

流石に迷う……

だが、ジサンの頭の中でモンスター達が広大な牧場をのびのびと暮らす姿が想起される。

「ちなみに最上階の内装はこんな感じです！」

ダガネルがパネルをジサンに見せつける。それはまさに今、想像したような広大で和やかな風景であった。そして、ダガネルはジサンの耳元でぼそりと囁く。

「今なら、最上階購入特典としてQランクのユニーク・シンボル。精霊モンスターズの一人、〝フレア〟をプレゼント……」

「買うっ！」

◆

こうしてジサンは牧場主となった。

■フレア　ランクQ（ユニーク・シンボル）
レベル：90
HP：2000　　MP：1000

AT：500　　　AG：500
魔　法：マギ・フレア、ピュア・フレア、メガ・ヒール
スキル：精霊の歌
特　性：応援

フレアは小型の妖精。赤いワンピース型のドレスを身に纏っている。

「きゅぅうう」

人の形をしているが言葉は発しないようだ。

（……よろしくな）

「きゅぅん！」

「あらあら……お可愛い……」

サラが恨めしそうな目でフレアを見つめながら言う。

「きゅっ!!」

「こらこら……」

気分がいいのかジサンは窘《なだ》めるようにサラの頭をぽんぽんとする。

「はわっ、はわぁあああああ！」

（さて……）

フレアにはひとまずＢＯＸに入ってもらう。

「それでは早速、行ってみましょうか」

ダガネルが言う。

「あぁ……！」


「……っっっ!!」

エレベーターから降りるとすぐに牧場全体を一望することができた。その光景にジサンは忘れていた何かを思い起こされるような気持ちであった。モンスターＢＯＸから転送されたジサンの愛すべきモンスター達が草原や森、岩場、川、海辺でいきいきと過ごしている。一部はくつろぎながら紅茶を嗜んでいる……

美しく、ファンタジック、そして少しばかりノスタルジックな光景がそこにあった。

「どうです？　オーナー……」

ダガネルが尋ねる。

「…………悪くない」

「ふふ、素直じゃないですね……ちなみに上階三階層のオーナーの方は週一回に限り、パーティの方と共にワープにて、このダンジョンに来て、その後、元いた場所に戻ることも可能です。なので、ぜ

ひ足を運んでくださいね」

「本当か……!?」

「本当ですよ」

ダガネルがニコリと笑う。

(……!)

リアル・ファンタジーの交通手段は主にバスが主流だ。それも長距離バスはほとんどないため、乗継が必要であり、移動にはそれなりの時間を要する。そう考えると、破格の条件であった。ジサンが言葉を失っていると、羽ばたく音が聞こえてくる。

「ガゥ……」

「おぅ……」

近くにいたナイーヴ・ドラゴンがジサンの元へやって来たのだ。

「ガゥガウ……」

「ん……?」

ナイーヴ・ドラゴンが何かを訴えかけるように唸っている。

「マスター……どうやらナイーヴ・ドラゴンはもっと強くなってマスターのお役に立ちたいようです」

(今でも十分……)

……そうだ。ナイーヴ・ドラゴンはレベル限界に到達したのであった。

今でも十分、役に立っている。だが、これ以上の成長は望めない。

ジサンは何となくどんよりとした気持ちになる。

「それなら早速、優勢配合施設の出番ですね！」

「!?」

傍らにいたダガネルが言う。

「優勢配合施設なら、そのドラゴン君も元の姿から大きく変わらずに強くなることができるかもしれないです」

（……なるほど）

「だが……」

「それは大丈夫です！　マスター！　私達は全部、覚えていますから……！」

サラが先読みする。

「……！」

実のところ、ジサンは近頃、配合をあまりしていなかった。モンスター一体一体に対しての愛着がそれを邪魔していたのだ。配合をすると元のモンスターはどうなってしまうのか……

サラも何となくそれに気づいていたのだ。

そしてこれを機会にジサンの勘違いを是正する。

「………やってみるか？　ナイーヴ・ドラゴン？」

「ガゥ……!!」

「優勢配合も配合後のランク法則は通常配合と同じでいいと考えていいか？」

「そうなります！」

つまり、ナイーヴ・ドラゴン（Nランク）と掛け合わせる相手がランクO以上であれば、確実にOランク以上のモンスターが生まれるということだ。ジサンは頭の中を整理するようにメモをしながら確認する。


＝＝＝＝＝＝＝＝＝＝＝＝＝＝＝＝＝＝＝＝＝＝＝＝＝＝＝＝＝

ABC……NOPQR……

①Nランク×Nランクの場合
┬89％の確率でNランク
┬10％の確率でOランク
┬1％の確率でPランク
※同ランク、ランクアップボーナスあり
※Qランク以上は非常に小さいため便宜上、ゼロとする。

②Nランク×Oランクの場合
「100%の確率でOランク
※NとOのように間のランクがない時は上のランクのOになる

③Nランク×Pランクの場合
「100%の確率でOランク
※NとPの間のランクとなる。②と比べると勿体ない。

④Nランク×Qランクの場合
「100%の確率でPランク。Qランクから下がるのが勿体ない。

＝＝＝＝＝＝＝＝＝＝＝＝＝＝＝＝＝＝＝＝＝＝＝＝＝＝＝＝＝＝

ナイーヴ・ドラゴンのランクを上げることを目的とすれば、③と④は相方のランク以下のモンスターとなってしまうため、②Nランク×Oランクが最も確実で効率的であるとジサンは考える。

（今、手元にいるOランクは……）

＝＝＝＝＝＝＝＝＝＝＝＝＝＝＝＝＝＝＝＝＝＝＝＝＝＝＝＝＝＝＝＝

フェアリー・スライム　ランク０
ライトニング　ランク０
ギダギダ　ランク０
ドミク　ランク０　（ユニーク・シンボル）
デス・オルカ　ランク０

＝＝＝＝＝＝＝＝＝＝＝＝＝＝＝＝＝＝＝＝＝＝＝＝＝＝＝＝＝＝＝＝

ジサンはユニーク・シンボルが配合できないのは確認済みであった。

（となると早速ではあるが、デス・オルカかな……巨体同士でいい感じになるかもしれない）

「それでは、ナイーヴ・ドラゴンを優勢素体にして、デス・オルカと配合します」

「ガウ」

「グルゥウ」

ナイーヴ・ドラゴンはどこか誇らしげだ。

（……意思は継がれるというが、少し寂しくもあるな……お前……ランクアップしたらポジティヴ・ドラゴンとかになるのか……？）

ジサンは少しナイーヴになる。

「では始めます！」

「ワクワクしますね！　マスター！」

「……あぁ、そうだな……！」

二体のモンスターが混ざり合い、眩い光のエフェクトが発生する。

［デリケート・ドラゴン（ランクO）が生成されました］

「がぅぅぅ」

（…………）

BEFORE

■ナイーヴ・ドラゴン　ランクN
レベル：60（MAX）
HP：1392　MP：0
AT：640　AG：257
魔　法：なし
スキル：剛爪、クリムゾンブレス、体を休める
特　性：純粋、飛行

AFTER←

■デリケート・ドラゴン　ランクO
レベル：60
HP：1520　MP：0
AT：720　AG：375
魔法：なし
スキル：繊爪《せんそう》、千砕《せんさい》、クリムゾンブレス、体を休める
特性：過敏、飛行

ランクアップおめでとう！　デリケート・ドラゴン！

その晩、ジサンは初めて掲示板に書き込みをする。

＝＝＝＝　モンコレ板　＝＝＝＝＝＝＝＝＝＝＝＝＝＝＝＝＝＝＝＝＝＝＝＝＝＝＝＝＝＝＝＝＝

112　名無しさん　ID:hg9aj9ws

テイマーの皆さんに朗報です。
チバのファザー牧場跡地にモンスター牧場なる施設ができたようです。
とても便利です。

＝＝

5章　魔王：エスタ、アルヴァロを巡る旅

宵《よい》の口。トウキョウはスミダ地区。

ダンジョン〝空の大樹〟付近は栄えている。

その街の一角、クエスト斡旋所（通称、ギルド）の前に、ジサンとサラはいた。

「そっちの具合はどうだ？」

……

「あぁ……あぁ……」

……

「そうか、それならよかった。すまない。苦労をかけるな」

……

「え？　話し相手が欲しい？」

……

「アイツじゃダメか？」

……

「そうか、忙しそうか……うーん……ちょっとアテがないのだが考えておく」

……

「それは、まぁ、いずれ頼む時が来るさ。あぁ、ではな」

ジサンはメニューの通話モードをオフにして、通話を終了する。


「マスタぁー……」

「ん？　どうした？」

サラは少しほっぺを膨らませながら、こちらを見上げている。

「誰です？　またアイツですか？」

「まぁな……」

「あんなのは放っておけばいいのです！」

「……そうもいかんだろ」

「うぅぅ……」

サラは少し不満そうであった。

（……）

どうしたものかとジサンが考えていると、ふいに声を掛けられる。

「ちょっとそこの人、いいですか？」

（ん……？）

今日は、やっとジサンさんに直接、お礼が言える。

ツキハは待ち合わせの場所へ向かう。

でも、年上の方だし、なんかちょっと緊張するな……。

あれ？　でも、ウエノクリーチャーパークの時は全然、緊張しなかったのにな……などと考えているうちにも、どんどん待ち合わせの場所が近づいてくる。

あ、いた……。

見覚えのあるおじさんと少女のペアが視界に入る。

「ん……？」

ツキハがよく見ると、おじさん達は街中なのに武装している人と話をしている。

おじさんはどこか焦った顔付きをして何かを訴えている。

「おじさんさー、何度も言ってるけど、ちゃんとその子との関係、説明してよ」

「いや、だからこの子は、子供とか姪ではないんですけど、でも怪しい者でもなく……」

「…………」

ツキハが多少なりとも、ときめきのようなものを覚えていたその相手は、職務質問されていた。

「だから、何の権利があって、こんなことしてるんですか？」

ジサンは抵抗する。こういう時は必要以上に抵抗しない方がいいのだが、ジサンは抵抗してしまう。

「権利と言われると難しいですが、こちらは自治部隊の〝エクセレント・プレイス〟に所属しております。街の安全を守るため、自主的に活動をしています。えーと、それなりに知名度が上がってきていると思いますが、ご存知ないですか？」

街中なのに緑色の制服のような姿で武装したジサンと同じくらいの年齢のおじさんはそのように宣言する。

（……自治部隊？　確かに掲示板にそんな情報があったような気もするが……）

「それで結局、その子とはどういった間柄で？」

（……誘拐を疑われているのか？　だが……）

ジサンは少々、不満であった。なぜなら……

「そういうあなたも小さい子を連れているではないですか？」

おじさんの傍らには、制服姿とは少し違うが、やはり緑色のパーツを含んだ衣装を身に纏い、かつネコ耳という風変わりな格好の少女がいた。

「失礼にゃ！　ウチはこれでもエクプレの一員だ！」

「っ……！」

ネコ耳少女にきっと睨まれ、ジサンは怯む。

「そういうこと」

（……どういうことだ！）

「おじさんさー、何度も言ってるけど、ちゃんとその子との関係、説明してよ」

「いや、だからこの子は、子供とか姪ではないんですけど、でも怪しい者でもなく……」

「そうです！　私とマスターは健全な関係です！」

「……うーん」

「本人もそう言ってるだろ？　いい加減にしてくれ」

「……まぁまぁ、そう怒らずに……こちらもノルマがあるので！」

（おい！）


その時、澄んだ女性の声が割り込む様に聞こえてくる。


「ちょっといいですかー！」

（……お）

「そのおじさん、怪しい者ではないです！　あ、いや、ちょっと怪しいのは事実なんですけど……」

「ん……？」

そこには待ち合わせをしていたツキハがいた。

「えーとですね…………って、あなたは！」

「あ、はい……」

緑のおじさんは顔色を変える。

「月丸隊のツキハさんですね！」

「はい……」

「ツキハさんが言うのであれば、間違いないです！　失礼致しました！」

「あ、いえ……エクプレの噂は聞いています。いつも街の安全を守っていただき有難うございます」

「そ、そんな！　滅相もありません」

「いえ、あなた達の活動に皆、かなり助かっていますよ。ここのところ、治安も悪化していますし……」

「そうですね……ヒビヤやウエノでも殺人事件も起きているようです。どうやら危険なグループが殺し武器《キルウエポン》なる物を使用しているようで……」

「え？　実際に殺人事件が起きていたんですか？　知りませんでした……」

ツキハは驚きと、そして悲しそうな顔をしている。

「そうですね……残念です。ツキハさんは大丈夫だとは思いますが、皆さんもくれぐれもお気を付けください……」

「……っ……はい……」

実際に危機に陥ったツキハは少し自信なさげに返事をする。

あの時、彼らは殺す殺さないには言及していなかったが、もしかしてそのつもりだったのだろうか……と彼が来なかったらと思うと……ツキハは尚更、ゾッとする。

「何かあれば、こちらまでご連絡ください！　正しきことのためならば、すぐに駆けつけます」

「あ、ありがとうございます」

そうしてエクプレの二人と別れた。


その後、ツキハにどこかに連れて行かれる道すがら、ジサンはいくつかの情報を共有してもらった。

〝空の大樹〟の頂上には〝第二魔王ラファンダル〟がいたことや、ウォーター・キャットの面々とはこの辺で出会ったといったちょっとした情報から始まり、いつの間にか自治部隊に関する話題になっていた。


ゲーム開始時に、政府や警察が解体され、既存の法はなくなった。正確に言えば、〝ゲームのルール（仕様）〟がそのまま法になったのだ。ニホンの国民性なのか、法が無くなった後もそれほど大きな混乱は起きなかった。プレイヤー同士の殺しができなかったのも大きかったかもしれない。
しかし、それでも〝悪意〟というものは存在する。それを抑止するために一部の人間達が自主的に自治部隊を立ち上げた。大きく三つの部隊があり、それぞれにイメージカラーがあった。

【赤】P・Ower
「最大規模。カントウ中心に活動。

【青】正文字隊《せいもんじ》
「大規模。カンサイ中心に活動。

【緑】エクセレント・プレイス
「小数精鋭で実力者揃い。トウキョウ中心に活動。

掲示板には、画像も出回っていた。ジサンはそれを見て、カモガワオーシャンワールドにいたレイドバトルを仕切っていた〝真面目な戦士〟はP・Owerの人であったと今更ながら気づくのであった。

「さて、着きました！」

「あ、はい……」

ツキハに案内されたその場所は隠れ家的なカフェのようなお店であった。

「えーと……」

「お礼と……あとは、私のパーティを紹介させてください！」

「あ、はい…………」

(……え)

ツキハは元々、少し強引な性格であった。


「それじゃぁ、メンバーを紹介するよ！　せっかくなのでダンジョン内の装備モードで！」

「あ、はい……」

「チユです。よろしくね」

クラス：ジェネラル・ヒーラーのチユは少し小柄で、ふわっとした褐色の長い髪、落ち着いた雰囲気をした女性であった。装備は白をベースに優しい緑をあしらった和を取り込んだデザインのゆったりとしたドレスでどこか大人っぽい気品がある。

「なんかごめんなさいね。ツキハちゃんって本当、突っ走るタイプで……」

「え、あ、はい……」

「ちょっとチユ！　余計なこと言わないで！」

「はいはい」

仲が良さそうだ。

「俺はユウタと言う。クラスは聖騎士だ。よろしく頼む」

身長が高く、がっしりとした男性で白をメインに光属性を彷彿させる山吹色をあしらった典型的な騎士の姿をしている。その人がユウタであった。

（……）

ジサンは緊張する。

ユウタさん……全ての魔王の討伐に関わった男……この人がいわゆる主人公か……

ジサンはユウタこそが実質、最強のプレイヤーだと思っていた。

（しかし、月丸隊の時とウォーター・キャットの時で顔とクラスが違うんだよな……掲示板によると整形したとか、チユを捨てたとかミズカを魔女にしたなどとボロクソに書かれていたが……うーん、聖騎士と長槍兵って行き来できるのか？）

顔とクラスが違うのならば、それはもう完全に〝別人〟である。

掲示板ではいわゆる〝ネタ〟として言われているのだが、ジサンは嘘を嘘と見抜けない人であった。

最強ではないにせよ、両ユウタが強いプレイヤーであることは間違いない。

「それで、ジサンさん、折り入ってお願いがあるのですが……」

「……？」

「魔王：エスタの討伐を手伝ってもらえませんか!?」

（え……）

「見ての通り、月丸隊は現在、三名で活動しています。ジサンさんはサラちゃんとパーティを組んでいるようですし、こっちも訳あって、一枠空けているから、ずっとってわけではないのですが、是非、一時的にでもヘルプいただけないでしょうか？」

「えーと、申し訳ないのだけど……」

「そ、そうですか……」

ツキハはしゅんとする。ジサンは少し罪悪感を覚える。

「そうですよね……こんな命懸けのこと……」

「あ、いや……それは別にいいのですが……」

「えっ!?　では……差し支えなければ理由を教えていただけないでしょうか？」

「そ、その…………ボスリストの魔王を倒すと、名前と顔が公表されますよね……」

「っ!?」

「それがちょっと……」

「な、なるほど！　確かにあれは嫌ですよね！　私達も第四魔王：アンディマを倒した時は、まさかそうなるとは思っていませんでしたよ」

「えぇ……」

「それじゃあ仕方ないですね……でも、何とかならないかな…………うーーーん………あ……！」

「ん!?」

「ちょっと待っててもらっていいですか？」

「あ、はい……」

そう言うと、ツキハはどこかに連絡をし、通話を始める。

「あ、もしもしミズカ？」

（ミズカ……ウォーター・キャットの筆頭、魔女のミズカか……）

「あのさー、例の女神に頼んでほしいことがあるんだけど………うん、うん、ダメ元でいいから！」

「え？　マジ!?　ありがとう！　え？　面白そうだから？　相変わらずだな……あの女神は……」

……

「え？　ミテイがやってくれた？　そ……じゃ、一応言わないとね……ありがとう……ちゃんと聞こえてるんでしょ？」

……

「はいはい……」

（…………）


「いいってさー！」

（マジですか……）

「プレイヤー名：匿名希望　画像なし　はOKだって！　でもクラスは表示要みたいです。クラス名だけならいいですか？」

「あ、はい……」

流石にここまでやってくれて断り辛かった。

しかし……。

「私なんかより、そのウォーター・キャットさんに協力を要請した方がいいのではないですか？」

「いや、それがですね、あいつら急に〝カスカベ外郭ダンジョン〟とかいう超難関ダンジョンに挑むって言い出して……何でも急がないとやばい！　とか何とか……」

「へぇ……そうなんですか」

（カスカベ外郭ダンジョンか……）

ジサンは何だか少し懐かしさすら覚えていた。

（九二階層で抜けてきた。いずれは一〇〇階層を目指したいものだ……しかし、何が急がないとやばいのだろうか……）

「あ、それで、実際、パーティを組むとなるとサラは待機ということですか？」

「そうなりますね」

「サラ……大丈夫か？」

「マスター……お気遣い有難うございます。サラは大丈夫です」

「お、そうか……」

それはジサンにとって少し意外であった。ジサンは勝手にサラの保護者であると思っているが、サラもまたジサンに対し、親心のような何かを抱いているのであった。強いマスターにもっともっと活躍してほしい……！　と。

「なら、私などで良ければ協力します……」

「あ、有難うございます!!」

ツキハの表情は明るくなる。

「それじゃあ行きましょう！　エスタのいる〝コウベ〟へ！」

……結構、遠いな。ジサンが少々、途方に暮れていると、メッセージがポップアップする。

【貸出許可中の〝ドミク〟がプレイヤー〝シゲサト〟により1DAYレンタルされました。使用料一万カネが入金されました】

早速、牧場に人が集まり始めたようであった。

（ちゃんとテイマーっているんだなぁ……）

「マスター……！　めっちゃ山！　めっちゃ山だよ!!」

サラは車窓に映るタニガワ連峰を眺めながら窓に張り付いている。

「あぁ……だが、バスではあまり燥《はしゃ》ぐなよ……」

「はーい」

そう言うと、サラは素直にバスの座席に座り直す。ジサンも車窓越しに山脈を見つめる。季節はもうすぐ秋。効率化を重んじるAIも季節は残してくれた。紅葉になる前の山吹色に色づいた山々はそれはそれで美しく、思わず何も考えずに車窓を眺めてしまう。

一方で、月丸隊の三名はジサンらとは少し離れた座席に軽く変装しつつ座っていた。誰がするでもなく……いや、後からバスに乗り込んだジサンが少し離れたところに座ったのだ。だが、月丸隊の面々もそれに悪い顔はしなかった。ツキハだけは内心、少し残念がっていたかもしれない。時折、会話が聞こえてきたが、ジサンらには内容までは聞き取れなかった。


『終点です。下車ください』

自動走行。運転手のいないバスの中にアナウンスが流れる。

「着いたのですか？　マスター？」

「いや、まだ先は長いぞ」

ジサンらと月丸隊が降り立ったのはナガノはカルイザワ。夏の避暑地として有名だが、秋真っ盛りの一〇月だと少し肌寒さを感じる。

「次のバス停まで結構、歩くみたい」

バスを降りると、ツキハが話しかけてくる。

「そうですか」

珍しいことではない。バスが開通していなかったり、そもそも無い時もある。交通手段を制限されているリアル・ファンタジーにおいては日常茶飯事であり、そんな時は基本的に目的地へ徒歩でいくしかないのだ。

「でもさ、旅の醍醐味は寄り道でしょ？」

チユが奥ゆかしいことを言う。ジサンもそれについては確かに……と共感するのであった。

「しかし、これ、ダンジョンを迂回するより、突っ切った方が早そうだな」

聖騎士のユウタが男らしいことを言う。

「あらあら……通り道に斡旋所もあるわね」

「よし！　せっかくだからクエストないか確認してから行こう！　いいですか？　ジサンさん……！」

「あ、はい……」


「え？　初めて!?」

クエスト斡旋所に入り、ジサンはツキハに、ありのままを伝えると驚かれる。

「あ、はい……」

「何で……」

「えーと……特に理由はないのですが……」

ジサンはこれまでクエスト斡旋所に行かなかった理由を聞かれているのに、行く理由が特になかったことを答えてしまい、非常に味気ない回答となる。行かない主な理由は斡旋所で紹介されるボスリストのボスはテイム対象ではないからだ。そのことを答えたらそれはそれで微妙な空気になっていたかもしれないが……

「そ、そうですか……それじゃあ、軽くですが案内しますね！」

「すみません」

「まず、これが斡旋所の受付嬢、通称、ＮＶＣさんです」

「ドウモコンニチハ」

そこには、頭の天辺から足の先まで、完璧に均整のとれた……神秘的な雰囲気を持つ何となく片言《かたこと》の女性がいた。彼女は仕様変更前からいた唯一のＮＰＣであった。各地のクエスト斡旋所に配置されており、どの斡旋所を利用しても同じ見た目をしている。

ジサンはふと、なぜＮＰＣではなくＮＶＣなのだろうかと思う。

「実はこいつ……」

「ツキハサン、口ガ軽イデスネ」

「えっ!?」

「尻ハ軽クナイト思ッテイタノデスガ……」

「何？　あんたもう一回倒されたい？」

「イエ、遠慮シテオキマス」

（……倒す？）

ジサンにはその会話の意味は全く理解できなかった。

「まぁ、いいわ……そこのカルイザワ・アウトレット・ダンジョン内で適当なクエストある？」

「魔騎士：メンティス　ガ……オ勧メデス」

「今更、魔騎士？　魔公爵以上はいないの？」

魔騎士とは魔公爵の一つ下のランクであった。

「残念ナガラ、現在、カルイザワ・アウトレット・ダンジョン　デハ魔騎士ランクガ最高デス」

「そう、まぁ、いつも魔公爵ランク以上がいるわけじゃないし、仕方ないわね」

「魔騎士デハアリマスガ、報酬ハ　ナカナカ変ワッテオリマス」

「何？」

「〝買物チケット〟ト言ウモノデス。カルイザワ・アウトレット・ダンジョン　ハ　ダンジョン内デ買イ物ガデキル珍シイダンジョンデス。〝買物チケット〟ハモンスター達ガ経営スルダンジョン内ノオ店ヲ利用スルノニ必要ニナリマス」

「なるほど……確かにちょっと変わってるわね」

「チナミニ、クエストハパーティ分、受注デキマスノデソノ辺ハゴ心配ナク」

「気が利きますね！」

ツキハは皮肉っぽく言う。

「えーと、ジサンさん、パーティはどうしますか？」

「私とサラの二人で大丈夫です。テイムモンスターもいますし」

「わ、わかりました……」

「ソレデハ、月丸隊ト……ソチラハマダ　パーティ名ノ登録ガ、オ済ミデナイヨウデスガ……」

（パーティ名……）

確かに今まで一度も決めて来なかったな……

「後から変えられるのか？」

「ハイ、可能デス」

「じゃあ、サラ……適当に決めてくれ」

「え？　私ですか？」

サラは一瞬、戸惑いながら何やら考え始める。

「マスターとサラ……マスターサラ……マッサラ……」

（……お？）

「〝マスターとサラ〟でお願いします」

（結局、戻ってるじゃねえか！）

「承知シマシタ。デハ……　〝月丸隊〟、〝マスターとサラ〟ニ　ソレゾレ　メンティス一体ノ討伐ニテ発注イタシマス」

「どうも！」

「カルイザワ・アウトレット・ダンジョンニハ武器、防具ハモチロン、珍シイ魔具モ売ッテイルヨウデス。存分ニ楽シンデキテクダサイ」

（珍しい魔具……多少、気になるな）

「デハ本日モ素晴ラシイ冒険ライフヲ」

それがNVCさんの決め台詞であった。

「へぇー、ボスの場所がこんな感じで表示されるのか……」

マップにはボスの位置にマーカが表示されていた。

「どの辺に表示されてますかー？」

（お……）

ツキハが近寄ってきて、彼女の空間ディスプレイを見せてくる。

（う……）

ツキハのような自分より一世代ほど若くて綺麗な女の子が自身のパーソナルエリアに入って来たことによりジサンは少しばかり緊張する。しかし、ジサンにはツキハのマップのマーカは見えない。別のパーティとしてクエストを受注しているからだ。

「この辺です……」

ジサンはひとまず自身のマップのマーカされている部分を指差す。

「なるほど……ジサンさん達のボスの位置とこっちのボスの場所、違うみたいですね」

「そうですか」

「それじゃあ、とりあえず、ちゃっちゃと倒しちゃいますか」

「あ、はい……」

月丸隊と別れたジサンとサラはターゲットの表示位置へ向かう。
（せっかくだし……）
ジサンは使役モンスターとして、牧場の購入特典として貰った〝フレア〟を選択する。

＝＝＝＝＝＝＝＝＝＝＝＝＝＝＝＝＝＝＝＝＝＝＝＝＝＝＝＝＝＝＝＝＝＝＝＝＝
■フレア　ランクQ　（ユニーク・シンボル）
レベル：90
HP：2000　MP：1000
AT：500　AG：500
魔法：マギ・フレア、ピュア・フレア、メガ・ヒール
スキル：精霊の歌
特性：応援
＝＝＝＝＝＝＝＝＝＝＝＝＝＝＝＝＝＝＝＝＝＝＝＝＝＝＝＝＝＝＝＝＝＝＝＝＝

「きゅぅううん！」

出現したフレアは嬉しそうにニコニコしながら、フヨフヨと浮遊している。そして、その場でペコリとジサンに頭を下げる。

「あぁ、よろしくな」

（……さて）

カルイザワ・アウトレット・ダンジョンは屋外の森林ダンジョンだが、商店がところどころに並んでいる。しかし、よく考えると現実のショッピングモールもダンジョンみたいなものだったな……と思うジサンであった。

商店はモンスターが経営しているらしい。外観は大木を切り抜いたような造りになっており、ファンタジーの雰囲気が演出されている。残念ながら、今はまだ商店には入店できないようだ。ひとまず〝買物チケット〟を入手する必要があるようだ。ジサンはショッピング好きというわけではないが、これだけ見せびらかされては、どんな物が買えるのか早く知りたくなってくる。

「行くぞ……」

「はい、マスター！」

「でも……ツキハちゃんがまさか切り替えていくとはねー……私、それもありだと思うわ」

ジサンらと別れ、カルイザワ・アウトレット・ダンジョン内部を探索する中で、ジェネラル・ヒーラーのチユが感心するように言う。

「ちょっ！　何言ってるの!?」

「だはは！　確かにあっちは敗色濃厚だもんな！」

「人を当て馬みたいに言うな！」

「あらっ……〝人を負け犬みたいに言うな〟って言わないところ見ると、割と本気だったりするの？」

「っっっ！」

ツキハは赤くなる。ツキハは、確かに自分が悪く言われることよりも、ジサンが代替品のように言われることの方が不快だった。

「おいおい、マジか……」

「いいじゃない！　優しそうな人だし……」

「えっ!?　って、まだそんなんじゃない！」

「〝まだ〟って……ツキハちゃん、可愛い……」

チユが口に手をあてて、あらあら……とでも言いたげな仕草で言う。

「っっっ！」

お姉さん気質のチユに、割といつも簡単にマウントを取られるツキハであった。

「ギギギギ」

「いたぞ……」

マーカの位置に到達し、ジサンらは魔騎士：メンティスと対峙する。

魔騎士：メンティスは巨大なイナゴのような姿をしていた。ジサン達は魔騎士レベルに苦戦するようなことはなかった。

「テイム不可能だ。好きにしていい」

「きゅぅううん！」

ジサンの言葉を聞くと、フレアが開幕一番、魔法を行使する。

【魔法：マギ・フレア】

使役者であるジサンのディスプレイには使用した魔法名がポップする。と、同時にメンティスの周囲に無数の白い光が出現する。その光球は中心地を目指し急加速、収束し、そして激しい爆発を発生させる。

「グギャゥウウウン」

メンティスは何も行動することなく、力尽きる。

［ツキハ：では一時間くらいで！］

月丸隊もメンティスの討伐はすぐに終わったようで、ツキハから連絡が来る。元々、コウベへと向かう時間を短縮するためにダンジョンに来たので、あまりゆっくりもしていられない。

時間は一時間。全ての店舗を回るなど到底無理……

「イラッシャイブヒィ」

店に入ると、ふっくらと肥えた優しそうなオークが迎えてくれる。一応、敵意はないようだが、カモガワオーシャンワールドの件もある。あまり油断はしない方がいいだろう。

「ここは〝モンスターフーズ〟のお店ブヒ」

「お前、喋れるのか？」

「ブヒブヒブヒブヒィ」

「モンスターフーズとは何か？」

「モンスター用のおやつみたいなものブヒ」

「お前の好きな食べ物は？」

「ブヒブヒブヒブヒィィ」

「これはいくらだ？」

「一〇〇〇カネになるブヒ」

（……この豚は決まった質問だけに答えられるということか？　まぁいい、モンスター用の食べ物なら、あいつに土産でも買ってやるか）

「サラ……あいつは何が好みだと思う？」

「え？　あいつですか⁉　正直、どうでもいいのですが、マスターが言うのであれば…………うーん…………虫とかですかね？」

（え……本当か……？　しかし、聞いといて違うというのもな……）

「……な、なるほど……フレアもそう思うか？」

「きゅん！　きゅぅううん！」

フレアは一生懸命に首を縦に振っている。

「そうか……では、これを……」

ジサンは〝子メンティスの佃煮〟なるものを購入する。

「アリガトブヒ！　二〇〇〇カネになるブヒ」

「あぁ………ところで……お前はテイムできるのか？」

「…………兄さん、死ぬ覚悟があるなら店の外に出ろブヒ……」

優しそうなオークの目つきが急激に鋭くなる。

■フックラ・オーク　ランクN
レベル：50
HP：1802　MP：43
AT：622　AG：2
魔法：ダウン
スキル：デビル・スピア、ぶん殴り
特性：贅肉

フックラ・オークはメンティスより数値上は、遥かに強かったのだが、それでも苦戦とまではいかなかった。なお、〝子メンティスの佃煮〟の料金は払った。

定型句以外は怪しいようだが、言葉も使えるようだし、いい土産になっただろうか……と思うジサンであった。

（もう一店舗くらい行けそうだな……）

＝＝＝　魔具専門店　＝＝＝＝＝＝＝＝＝＝＝＝＝＝＝＝＝＝＝＝＝＝＝＝＝＝＝＝＝＝＝＝

○アップ・ハーブ　戦闘中の攻撃力強化

○ダウン・ハーブ　戦闘中の攻撃力弱体化

○蘇生の秘薬　戦闘中、任意の一人が瀕死状態から復帰できる。知恵素養のあるクラスのみ使用可

○身代人柱　戦闘中、一度だけパーティメンバーが受ける攻撃を自身が受けることができる

・・・

○釣り竿　海や川で釣りができる。モンスターが釣れるかも

○甘いお菓子　ＭＰが回復する

○苦い野菜　弱体化を解消する

＝＝＝＝＝＝＝＝＝＝＝＝＝＝＝＝＝＝＝＝＝＝＝＝＝＝＝＝＝＝＝＝＝＝＝＝＝＝

「おい、豚、これだ」

「ブヒィ！　甘いお菓子ブヒね……！」

「言うな！　愚鈍な愚豚が！」

「有り難うございますブヒィブヒブヒィ！」

（……）

サラが買い物をしている。甘いお菓子が食べたかったのだろうか……とジサンは親心で見守る。

（さて……蘇生の秘薬。瀕死状態とは確か……）

リアル・ファンタジーには〝瀕死システム〟というものが採用されていた。戦闘中にＨＰがゼロになった場合、すぐに死亡するわけではない。パーティメンバーが全員瀕死になった時に死亡するようになっている。ジサンはそのシステム自体は知っていたが、幸い、一度も瀕死状態になったことがなかった。そもそもカスカベ外郭地下ダンジョンにいた頃はソロで潜っていたため、瀕死イコール即死であった。

（アングラ・ナイトは知恵素養はないし、どっちにしても使えないか……アップ・ハーブやダウン・ハーブは便利そうではあるが……）

戦闘中のアイテム持ち込みはかなりシビアに設計されている。武器や防具も持込アイテムに加算され、一部のクラス：道具師などを除き、アイテム持込枠は装備品を除くと〇～一程度しかない。アングラ・ナイトは一枠あるが、ジサンはいざという時のためのテイム武器からの切り替え用武器でその枠を使用してしまっている。

（……身代人柱……いざという時に使えそうだが……）

○身代人柱……二〇〇万カネ
（二百万カネ……そうだ……金なかったんだった）

ジサンの手持ち二十万カネ程度であった。
○釣り竿……一〇万カネ
（十万カネ……ぐぬぬ……高い……だが何とか買える……珍しいモンスターをテイムできるかも……）

ジサンはなけなしのカネを叩《はた》き釣り竿を購入した。

「ありがとうブヒ！」

オークの店員がにこやかに微笑む。その時、ジサンのディスプレイにメッセージがポップする。


【牧場レベルアップ（レベル2）】

【〝生産施設〟が開放されました】

【〝精霊スタンプカード〟を入手した】


＝＝＝＝＝＝＝＝＝＝＝＝＝＝＝＝＝＝＝＝＝＝＝＝＝＝

牧場レベル：2
生産力：0
総戦力：30061
モンスターリーダー：まだ設定できない

ファーマー：未設定
解放施設：
自動訓練施設、優勢配合施設、生産施設
＝＝

そして、追加でメッセージが来る。
［ダガネル：牧場レベルアップおめでとうございます！　新規に追加された〝生産施設〟では、牧場内のモンスターから生み出される恵みを得ることができます！　わかりやすいところで言うと家畜系のモンスターを市場に出荷してカネに変換できたりします！］
［ジサン：例えばオークとかも？］
［ダガネル：勿論です。あの豚、結構高値で出荷できますよ］
「……」
「ブヒ……？」
ふっくらしたオークと目が合う。

その後、ダンジョンの外で月丸隊と合流し、次のバス停へと向かった。

その晩はナゴヤにて一泊することとなった。


ナゴヤ、宿にて。

「ジサン：流石に家畜の出荷はハード過ぎるわ」

「ダガネル：そうですか。それは残念」

ジサンには喋る豚を屠殺《とさつ》する度胸はなかった。この歳になって、断腸の思いで育てた家畜を出荷しているのであろう生産者の方々に感謝しなければならないなと思うジサンであった。

「ジサン：だから素材中心にやりたい」

素材とは、主にモンスターの体の一部を拝借し、そのままであるが、〝素材〟を入手することである。

「ダガネル：それはオーナーの自由です。ただ、いずれにしても生産には商材となるモンスターに加え、生産者となる精霊モンスターが必要になります」

「ジサン：精霊モンスターとは〝フレア〟みたいなやつか？」

「ダガネル：そうです」

「ジサン：わかったが、野良でも配合でも見かけたことがないのだが……」

「ダガネル：そこでランクアップボーナスで付与した〝精霊スタンプカード〟の出番です」

（……？）
［ダガネル：精霊スタンプカードを確認してください］
［ジサン：わかった］
確認すると全国マップに点々とするように名称と特徴が記載されていた。

＝＝＝＝＝＝＝＝＝＝＝＝＝＝＝＝＝＝＝＝＝＝＝＝＝＝＝＝＝＝＝＝＝＝＝＝＝＝

○フレア	無属性魔法を得意とする精霊	チバ
○ガードナ	守護魔法を得意とする精霊	フクオカ
○リトーション	反射魔法を得意とする精霊	ナゴヤ
○アーティレリ	兵器魔法を得意とする精霊	ヨコハマ
○デメンション	次元魔法を得意とする精霊	オオサカ
○ウィズ	闇魔法を得意とする精霊	ヒロシマ
○シード	深緑魔法を得意とする精霊	コウベ
○ホワイト	空間魔法を得意とする精霊	サイタマ
○スプリング	霊水魔法を得意とする精霊	ブンキョウ
○ワイルド	死霊魔法を得意とする精霊	サッポロ
○ビースト	狂獣化を得意とする精霊	シンジュク
○ウェブ	神虫化を得意とする精霊	センダイ

＝＝＝＝＝＝＝＝＝＝＝＝＝＝＝＝＝＝＝＝＝＝＝＝＝＝＝＝＝＝

［ダガネル：それが精霊モンスターのリストです。Qランクのユニーク・シンボル（オリジンと呼ばれる）については高難度の隠し条件があるのだけれど、一つ下のPランクの〝シャドウタイプ〟については プレイヤーのレベルが80以上なら、その地域の斡旋所でこのスタンプカードをNVCさんに見せれば貰えます］

（俺が持っているフレアはオリジンというわけか……牧場の最上階購入が隠し条件だとすると、他の精霊達のオリジン入手条件もかなり厳しく設定されていそうだ）

［ダガネル：Pランクでも生産者としての役割は十分果たしてくれるから安心してくださいね］

［ジサン：なるほど］

［ダガネル：いずれにしても精霊を集めることで生産力はどんどんと高まっていきますよ］

［ジサン：わかった。有難う］

［ダガネル：差し当たって何か生産対象にしておきます？］

［ジサン：オススメとかあるか？］

［ダガネル：うーん、素材であれば、装備素材の元となる爪や鱗などを排出する獣や龍かな。魔具系が欲しいなら魔石なんかを排出するスライムかスフィア系がオススメかな］

［ジサン：わかった］

［生産対象に〝ブックラ・オーク〟を設定しました］

翌朝、ジサンは急いで斡旋所に向かい、NVCさんからリトーションョン・シャドウを受け取る。

■リトーション・シャドウ　ランクP
レベル：80
HP：1500　MP：800
AT：400　AG：400
魔　法：リフレクション、アンチ・フィールド
スキル：精霊の歌
特　性：応援

「カワイガッテアゲテクダサイ」
リトーションョン・シャドウを受け渡してくれたナゴヤのNVCさんは確かにカルイザワの斡旋所と同

じ姿であった。ツキハによると記憶も共有しているらしく、どこであっても同一人物、可愛がると懐いてくるとのことだった。確かにツキハとNVCさんは仲が良さそうであった。

ジサンはふと思う。ツキハはAIは敵などと言っているが、案外楽しんでいるような……と。

「うわぁー！　お星様きれいー！　マスター！　お星様お星様お星様！」

マスターとサラ、月丸隊はナゴヤ星雲ダンジョンに来ていた。

元々は巨大なドーム状のプラネタリウムがあった場所らしい。ダンジョン内には足場はあるが、景色が宇宙空間のようになっており、数え切れない程の星々が瞬いている。

「すごく幻想的……素敵……かも」

ツキハは囁くように言う。

「こういうのは本当……すごいよな……」

「うん……ちょっとズルいって感じ」

ユウタ、チユは敵の所業を讃えることを躊躇いつつも苦笑い気味に零す。

確かに幻想的だなぁと思いつつも……

（ちょっと目がチカチカする……）

とロマンチックを台無しにする初老、ジサンであった。

そもそも何故ここにいるのか……それは魔王：カンテンの討伐のためであった。

少し時を遡る。

「ナゴヤに寄ったのは偶々《たまたま》ってわけじゃなくて目的があるのです！」

待ち合わせたカフェでナゴヤ名物、モーニングを頂きながらツキハが言う。

「ずばり！　魔王：カンテンの討伐です」

「え……？」

「ジサンさん、お忘れですか？　魔王：エスタへの挑戦条件！」

（ん……？　確か魔王ランクの討伐だったと思うが……）

「その顔はやっぱり忘れていますね！」

（あ、いや……）

「魔王：エスタへ挑戦するには魔王ランクの討伐が必要なのです！」

「な、なるほど……それなら……」

「あと、ついでにカンテンの報酬、魔装：〝ゲルル〟……状態異常無効防具も手に入れちゃいたいと思います！」

「お？」

「あの……ジサンさんに助けてもらった時みたいなこともありますし……」

(……)

確かにウエノクリーチャーパークでのあの時、ツキハは何らかの拘束状態にされていた。

(まぁ、確かにその防具はあった方がいいか……)

「承知しました」

ジサンは合意する。

◉

再び、ナゴヤ星雲ダンジョン内——

魔王ランクは斡旋所での受注は不要らしく、ボス部屋のあるところまでは、マスターとサラ、月丸隊にパーティを分けて行くことになっている。魔王がいるダンジョンと言うだけあって上層に向かうに従い、それなりに強いモンスターも出現する。中ボスとして出てきたランクNの新種のモンスターも三体テイムできた。

＝＝＝＝＝＝＝＝＝＝＝＝＝＝＝＝＝＝＝＝＝＝＝＝＝＝＝＝＝＝＝＝＝＝＝＝＝＝
ソラノ・ドラゴン　　ランクN
スターダスト・スフィア　ランクN

スイセイ　ランクN

＝＝＝＝＝＝＝＝＝＝＝＝＝＝＝＝＝＝＝＝＝＝＝＝＝＝＝＝＝＝＝＝

ツキハが言う。

「さて、ようやく着いたね……」

ダンジョンの深部に巨大な球体の部屋を発見したのだ。

「ボス部屋だと思う……」

（……）

「これまでの俺達の経験上、ボス部屋は一度入ると戦闘が終わるまで抜け出せない。おっさん、本当に大丈夫かい？」

ジサンの中で、最強の男であるユウタの言葉に多少、プレッシャーを感じる。

しかし、ジサンはその点については問題ない。

「じゃあ、悪いんだけど、ジサンさんはこちらのパーティに……」

「はい……」

ボス部屋に入れるのは一つのパーティ四人まで。サラは外れなければならない。

「サラ……どうする？　ダンジョンを抜けているか？」

「いえ、マスター……サラはここに残り、マスターの凱旋を見届けます」

「……そうか……なら……フレア！」

「きゅぅううん！」

フレアがジサンのところからサラの元へ移動する。

「⁉　マスター……どういうことでしょう？」

「フレアをサラに付ける」

フレアの特性：〝応援〟により、付近のパーティ外のメンバーに使役させることができる。

ただし、当然、使役枠を使用するため、ジサン自身は使役ができなくなる。

「マスター！　恐れ入りますが、不要です！」

「ダメだ」

「し、しかし……」

「フレアはサラを守れ、サラはフレアを守れ」

「……！　わ、わかりました……」

普段より断定的なジサンの言葉にサラは従う他なかった。

「……おいで！」

「きゅうん！」

フレアはサラの肩に乗る。

「おっさん、お連れさんは大丈夫なのかい？」

ユウタが幾分、心配そうに尋ねる。

「大丈夫です、サラは私より強い。フレアもいれば万が一ということもないでしょう」

「……!? そ、そうなのか……」

ユウタはツキハからジサンの強さを聞かされていた。特に興味深いと感じたことは、HPが3／4以上残っていたというツキハを一撃で沈めたことであった。これだけで破格の攻撃力を有することは証明できる。そしてジサンの言う通り、サラがそれよりも強いとなれば一大事である。

「それでは行きましょうか……」

「あ、はい……!」

ジサンの静かであるが、初めての魔王戦であるはずなのに、恐れを全く感じさせない言葉に対し、ツキハが慌てて返事をする。

（……）

魔王：カンテンは〝テイム対象外〟。

ならばテイム武器を装備する必要はない。


「え……？」

「こいつは予想外だ……」

ボス部屋に入るなり、月丸隊の面々が戸惑いを口にする。

どこまでも広がっている星空の元、巨大な四足歩行生物がそこにいた。白い狼。体長二〇メートルはありそうだ。龍のような鱗を持つその巨大な狼はじっくりとこちらを見据えている。

「喋れるのか？」

「…………」

ユウタが確認するが返事はない。どうやら言葉を解さない魔王のようだ。

「このタイプは逆に初めてだ……何をしてくるやら……」

そう言いながらも月丸隊の面々が武器を構える。すると魔王：カンテンのＨＰゲージが充填される演出が発生する。と、同時にツキハが言う。

「ジサンさん！　まずは私達の戦いを見ていてください！」

「見せてやるよ！　魔王との戦い方ってやつを……！」

（うお……ユウタさん、勇ましいな……流石は実質、最強の男……）

「いくぜ‼」

掛け声と共にツキハとユウタの前衛の二人がカンテンに突っ込んで行く。

◉

「スキル：聖剣突き！」

「グギャアアア!!」

ユウタの強力な連続突きがカンテンの横腹にクリーンヒットする。三〇分程度の攻防で、カンテンのHPはすでに1／3程度となっている。

カンテンの威圧感は凄かった。序盤、そのパワーに苦しめられ、ツキハ、ユウタのHPが1／2以下になるシーンもあった。しかし、カンテンの驚異的な物理攻撃も結局のところ変化に乏しく、ジェネラル・ヒーラー：チユの精密なHP管理を瓦解させるには不十分であった。

「所詮は二番煎じ魔王……！　第二魔王：ラファンダルには遠く及ばないね！」

という、ユウタの格好良い言葉がジサンの中で印象に残っていた。

（やはり凄い……これが最前線において命懸けで戦っている者達なのか……）

ジサンは言われた通り、少し間をおいて戦況を観察していた。下手に割り込み、彼らの連携を乱してはいけないと思ったのもある。実際のところ、毒にはならないであろうと使用したジサンの弱体化《デバフ》魔法：フルダウンがかなり効いていた。

そして、彼らの動きもある程度、頭に入ってきた頃合いであった。

（せっかくいるのだから、少しは手伝わなければ……）

「私も出ます」

「ジサンさん、ありがとう！　大技一気にいくよ！」

「了解です」

「行くよ！　スキル：ブレイヴ・キャノン!!」

「スキル：ホーリー・クロス！」

（スキル：魔刃斬）

三人の大技がカンテンに炸裂する。

「グギャアアアアア」

…………

「「「「あ……あれ？」」」」

四人とも一様に驚く。

想像以上にダメージが入り、カンテンがそのまま力尽きたからだ。

四人はそれぞれ思う。

あれ？　流石にこれで倒せるとは思ってなかったんだけど……

むむ？　ツキハのやつ、いつの間にか特訓でもしたか？

あら？　ＨＰゲージ見間違えていたかしら……

うわ！　ユウタさん、こんな切り札を……

…………

ファンファーレが鳴り響く。

カンテンを撃破して、しばらくすると規定通り、パーティ公開される。

＝＝＝

◆二〇四二年一〇月

魔王：カンテン

┌討伐パーティ〈月丸隊〉
├ツキハ　　クラス：勇者
├ユウタ　　クラス：聖騎士
├チユ　　　クラス：ジェネラル・ヒーラー
└匿名希望　クラス：アングラ・ナイト

＝＝＝

匿名希望のアングラ・ナイトが一番目立っているのは言うまでもない……

「乾ぱーい！」

その晩はナゴヤにて祝杯を上げた。昔ながらの居酒屋風の佇まいのお店であり、宴会の席が苦手であったジサンは少々、落ち着かない様子で席に着く。

「まだエスタが残ってるけど、今夜は目一杯楽しみましょー！」

チユがそんなことを言う。

「ジサンさん！　私達の戦いっぷりどうだったかな？」

ジサンの横に座っていたツキハが聞いてくる。

(緊張する……)

毎度のことながらツキハは距離感が近くジサンは少々どぎまぎしてしまう。ツキハも誰にでもそういう距離感を取るわけではないのだが、多少なりとも、ジサンへの意識が働いているようであった。

「え、えーと、凄いと思いました」

表現力に乏しいジサンは小学生並みの感想を伝える。

「本当!?　嬉しいなー！」

だが、ツキハはそれでも十分喜んでくれた。

「正直、私達もこんなにあっさり魔王クラスを倒せたのは初めてだよ。私達もちょっとずつ成長してるのかな……」

「そ、そうなんですね……」

「ジサンさんのフルダウンもかなり効いていた気がします。有り難うございました！」

「いえいえ、少しでもお役に立てたならよかったです」

「マスターを援護役にするなんて……愚の骨頂……」

多少、不満ありげな少女がぼそりと呟く。

「え……？」

「あ、何でもないですー！」

ニコリと誤魔化す。

「今更だけど、ジサンさんのクラスってアングラ・ナイトって言うんですね」

「えぇ……」

「聞いたことないけど、どういうルートでなれるのでしょう……」

「地下に潜り続けていたらなれるようです……」

「そ、そうなんですか……」

それにしても聞いたことないなぁと、ツキハは少し腑に落ちない様子であった。この時はまだ〝ユニーク・クラス〟の存在はまだ明るみに出ていなかった。

「しかし、うめぇな、この味噌オークカツ」

ユウタがナゴヤ名物、味噌オークカツにがっついている。

「おかわり！」

（…………）

ジサンもせっかくなので食べてみる。

（…………）

確かに旨い。絶妙に柔らかく、しつこすぎない脂の乗り具合。そして中からジューシーな肉汁がじんわりと染み出てくる。

（…………これは売れるかもな……）

「おかわり！」

ユウタは味噌オークカツを甚《いた》く気に入ったようであった。

その時、ポップアップがある。


［生産施設にて〝オークの牙（上）×1〟が生成されました］

オークの牙はすぐに生え変わる。

「ジサンさん、迷惑じゃないですかい？」

「え……？」

ツキハとチユが離席している間、サラを除くとユウタと二人きりになってしまう。サラはなぜかジサンに寄り掛かって眠っている。これはまずい、気まずい無言タイムが流れるかと思いきや、ユウタがすぐにジサンに話しかけてくる。

「ツキハのことです。あいつ……少々、強引なところがありまして……もしかして、ジサンさんに迷惑を掛けてしまっているんじゃないかと……」

ユウタは普段、堂々とした風格のある態度であるが、この時は控えめで誠実な印象を与えるような穏やかな口調であった。

（……）

その言葉は恐らく本心であるとジサンは感じた。

なぜなら、魔王：カンテンとの戦いにおいて、ユウタは聖騎士の盾で以って、極力、カンテンの攻撃がジサンに及ばないような立ち回りをしていたからである。それがジサンにとって必要な行動であったかどうかは置いておいても、それはジサンに迷惑を掛けてはいけないというユウタの内なる思いから来る行動であったのだろう。

「大丈夫です。迷惑だなんて思っていません」

ジサンは正直に答える。確かに積極的というわけではない。それでも不思議と迷惑とまでは全く思っていなかった。それがなぜなのかはジサンにもよくわかっていなかった。

「それなら良かったです……」

ユウタはほっとするように言う。

「ですが、あいつを見ていると、どうにも危なっかしくてな……」

あいつとはツキハのことであろうことは流石のジサンにも予想がついた。

しかし、危なっかしいとは感じていなかった。が、よく考えると、初めて会った日にいきなりかなり危ない事態にはなっていたなと思う。

「あんな奴ですが、いつも一生懸命だから、何となく見捨て難いのです……」

「そうなんですね……」

「しかし……カンテンとの戦いで確信しました」

「……？」

「やはり貴方はとてもお強い……」

「……！」

「今回、すんなり魔王に勝てたのは本当は貴方のおかげなのでしょう……」

「そ、そうなんですかね……そんなことはないと思いますが……」

ジサンが最強の男だと思っているユウタに賞賛され、悪い気分ではなかった。

「あの……」

ユウタは急に真剣な顔付きになる。

「な、なんでしょう……？」

「こんなタイミングで言うのを許してください……」

（な、何だろう……）

その雰囲気にジサンは幾分、たじろぐ。

「ウエノの件……本当に……有難うございました……」

ユウタは真っ直ぐにジサンを見つめて言う。

ジサンはその熱い視線に思わず目を逸らしてしまいそうになるが、グッと堪える。

「い、いえ……その前に助けていただいたのはこちらですから」

「そう言っていただけると、有り難いです」

「それで、まぁ、恩着せがましいようですが、一つだけメリットを上げるなら……見てて飽きませんよ。あいつは……」

ユウタは遠くを見るように言う。

「って、こんな話、どうでもいいですね！　さぁさぁ、それでは食べましょう！」

ユウタは少しだけ微笑むと、美味しそうに十皿目の味噌オークカツを頬張る。

実質、最強の男は強いだけでなく、人間性も優れている。イケメンだし……

天は二物も三物も与えるのだな……と、ジサンは素直に感服するのであった。

ジサンらはカンテンを討伐した翌日の夜には何とかコウベに到達した。

＝＝＝

22　名無しさん　　ID:pssjitaa

アングラ・ナイトって何すか

256　名無しさん　　ID:jmam35fdaw

匿名希望とかありなのか

258　名無しさん　　ID:aujihasgdw1

中身絶対おっさんとかだろ

312　名無しさん　　ID:uahugjaei

アングラ・ナイト殺す殺す殺す頃す

345　名無しさん　　ID:8hgida0jida

>> 312

ひえっ

＝＝＝

宿にて――

掲示板で謎の匿名アングラ・ナイトの話題が盛り上がっている頃、ジサンは昨今、メル友になりつつある少年との話に夢中であった。

［ジサン：オークの牙ってのはどう扱うのがいいんだ？］

［ダガネル：売ればそれなりに高く売れますよ］

［ジサン：なるほど］

［ダガネル：ですが、ただ売ってしまうのも勿体ないかもしれません］

［ジサン：というと？］

［ダガネル：オークの牙に限らずですが、モンスターの恵みというのは貴重な代物ですから、武器や防具の素材にできるのがベストだとは思います］

［ジサン：そんなことできるのか？］

［ダガネル：優秀な鍛冶屋と出会えれば可能かもしれませんね］

［ジサン：鍛冶屋か……宛てはないな。ひとまず有難う。素材は売らずに取っておくことにする。後は生産対象に今日、テイムしたソラノ・ドラゴンを追加する］

［ダガネル：承知しました］

（鍛冶屋か……ツキハさん達は良い鍛冶屋を知っているだろうか……）

＝＝＝＝＝＝＝＝＝＝＝＝＝＝＝＝＝＝＝＝＝＝＝＝＝＝＝＝＝＝＝＝＝＝＝＝＝
牧場レベル：2
生産力：　1328
総戦力：33223
モンスターリーダー：まだ設定できない
ファーマー：未設定

解放施設：
自動訓練施設、優勢配合施設、生産施設
生産対象：
フックラ・オーク（素材）
ソラノ・ドラゴン（素材）
精霊：
フレア、リトーション・シャドウ
＝＝＝＝＝＝＝＝＝＝＝＝＝＝＝＝＝＝＝＝＝＝＝＝＝＝＝＝＝＝＝＝＝＝＝＝＝

「マスター！　風が気持ちいいですね！」

「そうだな……」

快晴にて、潮の香る海風を浴びながら船舶はゆっくりと進行する。

コウベで一泊し、朝を迎えたマスターとサラ及び月丸隊はクルージングをしていた。

と言ってもただ遊んでいるわけではない。

彼らは真面目に当初の目的である魔王：エスタの討伐に取り組んでいた。

コウベ・クルージング・ダンジョン。

これまた一風変わったダンジョンである。このダンジョンの大きな特徴は、プレイヤーが足を使ってダンジョンを探索するのではないことだ。プレイヤーが船舶に乗り込むと、船が自走し、その途中で中ボスクラスのモンスターの襲撃やトレジャー選択イベントといったギミックが用意されていた。

船の終着点には、他の魔王を討伐している者のみが上陸を許されるという〝勝利と敗北の孤島〟があり、そこが恐らく魔王：エスタとの決戦の間となっているらしい。一隻の船には一パーティしか乗船することができないらしく、月丸隊の面々とは別々に島へ向かうことになっていた。

（しかし案外、暇だな……）

乗船者らの逸る気持ちとは裏腹に、船はのんびりと進んでいる。イベントも連続的に発生するのではなく、時折、発生する程度……。

（そうだ……釣りでもするか……）

ジサンは気まぐれにカルイザワ・アウトレット・ダンジョンで購入した釣竿を船から海に垂らす。

「………」

船の上では、レンタルから帰って来たウエノクリーチャーパークで隠し魔公爵として君臨していたパンダ型のユニーク・シンボル〝ドミク〟を使役していた。初老のジサンには海風は少々、肌寒く、大きな体とモフモフした毛皮を持つドミクが防寒にちょうど良いと踏んだのだ。ジサンは甲板で胡坐座りしていたドミクの背中にもたれるように寄りかかり、自身も胡坐座りになる。

（うむ………）

期待通りの温もりにジサンは満足する。ドミクも気にしない様子でその場でじっとしており、どこから取り出したのかわからない笹のようなものを無心で食べている。

（よし……）

あとは〝当たり〟をじっと待つのみ。

……

「お……！」

しばらくすると竿がブルブルと振動し、竿先がしなる。と同時にジサンはタイミング良く竿を引く。

「おぉー！　すごいです！　マスター！」

活きのいい青魚が釣れる。

【アオサバを入手した】

甲板でチョロチョロしていたサラも興味津々にジサンのところへやってくる。

ジサンは再び竿を投げる。

………

【ヒカリアジを入手した】

「お見事です！　マスター！」

「あぁ……」

（……）

「……やってみるか？」

「へ？」

先程から不自然にソワソワしている山羊娘に訊いてみる。

「え、えーと…………はい！」

「ぐぬぬぅうう…………えいっ！」

サラは空《くう》を釣り上げる。

「うぅう……」

自身が思い描いていた通りにいかずにサラは幾分、涙目になっている。

（……）

「……貸してみろ」

「っ……！」

見かねたジサンは後ろからそっと手を添える。

「ま、マスターっ!?」

驚いたサラはジサンの方に振り返ってしまう。

「ほら、来たぞ！」

「えっ!?」

サラは忙しく首を往復させ、再び海の方を眺めると、確かに浮きの周りに波紋が広がっている。慌てて、竿を引こうとするが、ジサンの腕がしっかりとそれをガードしている。

「だが、まだだ。しっかり食いついてから……」

海からの照り返しのせいなのか、普段、ちょっぴり陰のあるご主人様がその時はとにかく輝いて見えて……

「………ここだ！」

「わぁあああ……！」


【アオサバを入手した】

「マスター！　できました！　有難うございます！」

「あぁ……次は自分でやってみな……」

「はい……！」

サラは嬉しそうに微笑む。

「あ、あの……」

「ん……？」

サラは少し気恥ずかしそうにモジモジしながらも意を決したように口を開く。

「マスター……！　私、楽しいです！」

「っ!?」

〝楽しい〟。それはジサンにとって、久しく使っていなかった言葉であったような気がした。

「……そうだな」

期待していた珍しいモンスターが釣れたわけでもなかったが、決戦を前に穏やかな時間が過ぎていく……


船が終着の孤島に到着する。

先に出発していた月丸隊の船はすでに到着しているようであった。と……

「ぐぎぃいいいいいいい!!」

「!?」

月丸隊の船から奇声のような呻き声が聞こえてくる。

「じ、ジサンさん！　大変なの！」

ツキハが焦りの表情で顔を出す。

「え……？」

「ユウタが……」

「っ……!?」

「ユウタがお腹痛いみたい！」

「……え？」

「あともう一個！」

「あ、はい!?」

「アルヴァロの居場所が判明したみたい！」

「ぐぬぅうううう……！」

ジサンが隣の船を見ると、ユウタが青ざめて腹を押さえ、うずくまっている。

（これは……）

「どうやらゲーム的シック状態《疾患》みたいで……こんなタイミングで……」

「なんと……」

ＡＩのもたらした恩恵により従来型の病気は多くが克服された。故に通常の疾患はいとも容易く完治することができる。しかし、稀に一定の条件下でシック状態に陥るという。

シック状態は状態異常とは別に管理されており、一般的な状態異常回復アイテム等は無効である。

（……おっ……疾患名が表示されている…………〝オークの呪い〟？）

「ユウタ！　昨日、調子に乗って、オークカツ食べ過ぎたでしょ!!」

「うぅう゛……否定できねぇ……」

「オークの呪いって重篤なのかな……!?　ユウタ……死ぬの……!?」

「何ぃ!?　俺は死ぬのか!?　ならば、俺も女の子の中にでも……うぉおお゛おおお！　痛い!!」

「何、馬鹿なこと言ってんの!?」

（……マジか……!?　最強の英雄、ユウタさんにもしものことがあれば、世界の危機じゃないか……俺に何かできることは…………あっ……！)
[ジサン：オークの呪いについて教えてくれ？　いくらだ？]
ジサンはダメ元で、ぼったくり物知りシェルフに訊いてみる。
[ルィ：やっほー！　ご利用ありがとね！　一万カネだよー]
[ジサン：何!?]
[ルィ：何さ!?]
[ジサン：いや、良心的だなと思って]
[ルィ：失礼な……！　すんごい武器とか魔王とかチート級の情報じゃなければこれくらいだよ！]
[ジサン：そうか……では頼む]

「二～三日、安静にしていれば治るそうです」

「えっ!?　本当!?」

「はい……」

「よ、よかった…………」

ツキハとチュは心底、安心した様子である。

「でも、何で知ってるの？」

「あ、いえ……知り合いに物知りがいまして……」

誤魔化すのが苦手なジサンであるが、嘘じゃないので何とか言い訳できる。

「な、なるほど……ジサンさんは交友関係も豊かなんですね！」

「え……どうでしょう……」

多くはないが濃いメンバーが揃っているのは間違いない。

「この後、どうするかは考えるとして、とりあえずユウタには帰ってもらいましょうか……」

「そうね……」

チユの意見にツキハが合意する。

「す、すまねえ……」

「私も付き添おうか……？」

チユが言う。

「いや……付き添いはいらねぇ……これ以上、誰が欠けてもエスタに挑めないだろ？」

「……ごめん」

付き添いを拒否する意地を見せるユウタに対し、チユは申し訳なさそうにそう告げる。

「ジサンさん……申し訳ない……不甲斐ねぇ……」

「っ！」

ユウタは顔面蒼白になりながらジサンに謝罪する。

「……いえ、大丈夫です。今は休んでください」

「……すみません……あいつらを頼みます」

「全力は尽くします……」

「有り難い……それなら安心です……」

ユウタは無理矢理に笑ってみせ、そして荒い呼吸でダンジョン脱出アイテムを使用する。


ユウタが去ったことで一旦、パーティ編成をツキハ、チユ、ジサン、サラに変更する。これにより船が一隻となり、一つの船に集約される。

「ごめんなさい……ユウタがこんなことになってしまって……」

「いや、仕方のないことです……」

「それで……本来なら仕切り直しといきたいのですが、先程、少し言いましたが、アルヴァロの居場所が判明したようです」

「はい……」

「先ほど、〝ヒロ〟さんから連絡がありまして……」

（誰？）

「あ、ジサンさんに職質していたエクセレント・プレイスのメンバーのヒロさんです」

（……あいつか……！）

「自治部隊が独自で持つネットワークからの情報でアルヴァロの居場所を特定したと……可能であれば私達に協力してほしいと……」

「はい……」

「まさかあんなところに配置するとは思わなかった……アルヴァロの居場所は、〝空の大樹〟……私達が討伐したラファンダルのいた場所に出現したそうなの……」

「なんと……」

「裏をかかれたわ……AIさんお得意の〝先入観を抱くな〟ってわけね」

〝先入観を抱くな〟とはゲーム開始時にAIから発信された二つのメッセージの一つである。

（すごく近い場所にいたのだな……）

「空の大樹ってことは当然、トウキョウに戻らなきゃいけない……まぁ、それはちょっと後で考えるとして、まずは目の前の脅威、エスタを倒さないと……」

「そうですね……」

「エスタは挑戦条件に〝他の魔王の討伐〟がある。これってつまり他の魔王より強い可能性が高い……」

「…………」

（可能性は高そうだ……最強の男……ユウタさんが抜けたのであれば、こちらも最善を尽くす必要がある……）

「だけど、私とチユ、ジサンさん、あとはジサンさんの使役モンスターで挑めば何とか……」

「いえ、サラも付けます」

「えっ!?　サラちゃんも……？　確かにジサンさんより強いとは聞いていますが……って、その前にサラちゃんは魔王討伐の条件を満たしていないから挑戦ができないよ……！」

「……あと、こいつも付けます」

「え？」

【使役対象を〝ドミク〟から〝ディクロ〟に変更しました】

赤いロングヘアにオリエンタルな衣装。スタイル抜群のグラマラスボディ、特徴的な蝙蝠の翼が頭についた妖艶な雰囲気の女性が突如、出現する。

「えっ？　えっ？」

「やーっと出番ですか？　旦那様……」

「すまんな……」

「豚は話し相手には不十分です。ですが〝子メンティスの佃煮〟は極上でございました」

「そ、そうか……」

「え、えーと……」

ツキハ、チユはキョトンとしている。

「……紹介します。魔王：ディクロです」

その説明ではキョトンは全く解消されない。

■ディクロ　ランクR（ユニーク・シンボル）
レベル：100
HP：2523　MP：3956
AT：512　AG：665
魔　法：ドレイン、ハード・ハート
スキル：搾り取る、ハート・ディフュージョン
特　性：誘惑、幻惑

ジサンはウエノクリーチャーパークにて、〝契りの剣TM〟を入手した直後、すぐにマッシマイニシエダンジョンへと向かった。そして、ディクロとの再会を果たし、とあるモンスターの活躍もあり、見事に勝利する。

故に、ジサンとサラはすでに魔王討伐を果たしていた。隠し魔王の討伐時には、討伐パーティは公表されない。これはサラの〝秘匿度の高い攻略情報〟には該当しないらしく、事前に確認可能であった。

ディクロはサラと違い、普通にモンスターＢＯＸに入ってもらうことができた。ディクロが打破され、隠し魔王としての役割を全うしたためであるとジサンは考えていた。逆にサラは未討伐の隠し大魔王として世界に存在し続けなければならなかったのだろう。

なお、魔物使役は四人パーティにおいて使用した場合、テイマー本人と使役モンスターが弱体化《デバフ》状態となる仕様となっている。また、魔物使役はパーティ内で二名までの制限があり、モンスターを含めたメンバーが五名以下とならなければならない。

ジサンは勿論、デバフとなる仕様を知っていたが、実際に採用されるのはこれが初めてであった。

それでも使役しないよりかは遥かにアドバンテージがあるのは確かだ。そもそも魔物使役を継承できるクラスは戦闘に優れない職業が多い。そういった意味でアングラ・ナイトはやはり規格外であった。

孤島に上陸する。

辺りは薄暗くなり、ドーム状のボス部屋に変化する。

その中央には、体長二メートルほどの人型が腕組みをして仁王立ちしている。紫をベースとした武装に身を包み、坊主に近い短髪であるが、西洋風の濃いめの顔をしており、威厳がある。

「我は現存、最強の魔王：エスタ……汝らは高みを目指す者か？」

「そうよ……！」

ツキハが返答する。

「…………最強の魔王……ではあるが、どうやら胸を借りるのはこちらのようだな……」

「はいっ？」

ツキハはエスタの意図を汲み取れず、聞き返す。

「往くぞ……！　覇を競う者共よ……！」

しかし、エスタはそのまま戦闘態勢に入る。エスタのＨＰゲージが充填される。


「魔法：ヴィクトリー・ヴォヤージュ」

エスタの召喚魔法だ。巨大な船が出現し、その砲台を挑戦者の前衛陣に向ける。

「来るわよ！」

ツキハが警告する。

と同時に、多数の黒い鉄塊が襲い掛かる。

ツキハ、ジサンはアジリティを駆使し、素早くそれを回避する。

「……小賢しい」

サラはそれが魔王であっても、いつものように回避行動を取らない。

「っ……！」

エスタはサラのその態度に焦りを浮かべている。

「魔法：リバース……」

サラが魔法を宣言すると、鉄塊はベクトルを反転させる。

「あら……助かったわ」

「我を利用するとはっ……！」

サラの後ろで悠々としているディクロに対し、サラが〝ぐぬぬ〟という表情を見せる。

一方で、向きを変えた鉄塊はそのまま船に戻っていく。

そして、大きな質量を伴い、次々に大船に衝突する。

砲弾を受ける大船は変形を繰り返し、次第に原型を失い、大破する。

「くっ……」

エスタはまるで子供のように扱われ、唇を噛み締める。

「す・き・る……ハート・ディフュージョン」

ディクロが独特な口調でスキルを宣言する。

ハート型の大量の光弾が拡散され、敵味方関係なく着弾する。

その際、味方には緑色のエフェクト、エスタには桃色のエフェクトが発生する。

「ちょ、何よ！　これ！」

サラが抗議するように言う。

「精力剤♪」

【スキル・魔法の威力が上昇した】

【エスタは〝虜〟状態となった】

「旦那様……行動制限の状態異常にございます。三度《みたび》に一度ほどの行動抑止が可能です」

「なるほど……心強いな」

「お褒めに預かり、光栄です」

「忌々しい……」

サラは少し不満気に頬を膨らませている。

（しかし、流石に大魔王と隠魔王相手では現存、最強の魔王とやらも荷が重いか……）

魔王：エスタが少々、可哀そうになるジサンであった。

「一気に畳み掛ける！」

「了解です……！　マスター！」

「承知しました……旦那様……」


ファンファーレが鳴り響く。

【MVP報酬：〝最強千〟を入手しました】

ジサンのディスプレイにMVPの通知が届く。

（……）

追加で思わぬ報酬が表示される。

【精霊モンスター：〝シード〟を入手しました】

■シード　ランクQ（ユニーク・シンボル）
レベル：90
HP：2000　MP：1000
AT：500　AG：500
魔　法：マギ・シード、エヴァー・グリーン、メガ・ヒール
スキル：精霊の歌
特　性：応援

「お……？」

（オリジンだ！　本当か？　確かにシードはコウベだったな……！）

ジサンは〝最上位プレイヤー同等になれる〟というチートアイテム〝最強千〟よりも追加報酬、オリジンの精霊モンスター〝シード〟の方に興奮していた。

「やった……倒した……！」

一方で、ツキハはほっとするように喜ぶ。戦況としては終始、優勢であり、ほとんど窮地に陥ることはなかった。それでも魔王戦というものは逃走不能……最後まで何が起こるかわからない。故にその緊張感は決して小さくはない。

「それにしてもジサンさん達、本当に強いです。正直言って、想像を超えていました」

「えぇ……正直、驚いたわ……」

ツキハ、チユがその活躍を讃えてくれる。

「そ、そうですかね……」

「今回の活躍からして、その最強千《さいごうち》は貴方に相応しいです」

「あ、有難うございます……」

(読み方、最強千《さいきょうせん》だと思っていた……まぁ、どっちでもいいか……)

しかし、これを使ったら俺は最強のプレイヤー同等になってしまうのか……ちょっと恐ろしくもあるな……と杞憂するジサンであった。

「ありがとな……」

「旦那様……御用があれば、いつでもお呼びください……むしろ常に！」

優雅な振る舞いをしていたかと思えば、急に握った両の拳を胸の辺りに配置するぶりっ子ポーズで強めの主張をする。

「あ、あぁ……」

（……サラとギスギスするから本当に必要な時だけで……）

「話し相手の件は、継続で探しておく」

「感謝申し上げます……」

ディクロは軽く頭を下げる。

「ではな……」

「はい……」

ジサンはディクロを牧場に直結しているBOXに戻す。

そして、しばらくすると魔王討伐メンバーが公開される。

＝＝＝＝＝＝＝＝＝＝＝＝＝＝＝＝＝＝＝＝＝＝＝＝＝＝＝＝＝＝＝

◆二〇四二年一〇月

魔王：エスタ

┌討伐パーティ〈月丸隊〉
├ツキハ　クラス：勇者
├チユ　クラス：ジェネラル・ヒーラー
└匿名希望　クラス：アングラ・ナイト

「あれ？　サラちゃんは……？」

（確かに討伐パーティにサラの名前が掲載されていなかった。いや、今更ながら掲載されていたらそれなりに厄介であったな……）

「ちょっと恥ずかしく、特性により無理矢理、離脱させていただきました……」

「あら……そんなことが……でも、クラスだけでも恥ずかしかったの？」

「はい、私……極度の秘密主義者でして……」

「そ、そうなんだ……」

ツキハ、チユは若干、腑に落ちない様子であったが、ひとまず納得する。

クラス：大魔王が公表されていれば大きな話題になるだけでなく、下手をしたら月丸隊にも何らかの疑いを掛けられるかもしれない。そうなればきっとジサンは傷つくだろう……

サラは自分のせいでジサンがそのようになる姿は見たくなかった。

故に〝GM権限〟を行使し、戦闘から離脱した。


「…ジサンさん、すみません。エスタを倒して、少し休みたいところだと思うのですが……」

「……アルヴァロですね」

「はい……」

「元々、ジサンさんにはエスタの討伐だけのヘルプをお願いしていましたが……」

ツキハが遠慮気味に言う。継続してヘルプをしてほしいということは鈍感なジサンでもわかった。

「……構いません」

この人達はそれ程、悪い人達じゃない。ここまで来れば、どこまでも……と意外にも前向きなジサンであった。

「有難うございます！　本当にすみません……！」

ツキハは申し訳ないと思いつつも、ユウタがいない今、やはり彼の力が必要であった。

「でもツキハちゃん、アルヴァロはトウキョウでしょ？　移動に二～三日は掛かるけど……」

「うん……二日なんて大したことないような気がするし、本当にそこまで急がなきゃいけないかはわからないけど……アルヴァロは、エスタみたいに挑戦に魔王討伐の条件があるわけでもない……」

ツキハはジサンのように実力を隠したプレイヤーが相当数いるのではないかという懸念もあり、少なくはない焦燥を感じていた。

「そうね……ここは申し訳ないけど、ミテイ達に頼む？　あの子達は今、カスカべにいるはずだけど……」

「う、うん……そうするしか……」

「あの……」

「……？」

ジサンが遠慮気味に口を挟む。

「トウキョウは無理ですが、チバにならすぐにでも行けますが……」

「え……？」

◉

「すごい……本当に来れちゃった」

ツキハがマップを確認しながら呟く。

「ここはモンスター牧場タワーダンジョンと言いまして、ファザー牧場跡地に位置します」

「はい……」

「私はここのとある階層のオーナーをやらせていただいていまして、その特典として週一回に限り、往復ワープが可能です」

「すごっ……さっきから凄いとしか言ってないけど、本当、凄い……私も買おうかしら……」

「あっ、そういうことを言うと……」

「お買い上げをご希望ですかーー!?」

セールスマンことダガネルがどこからともなく飛んでくる。

「ですが、ワープが使えるのは上層三階層だけですよー！　98Fと100Fはお買い上げいただいたので、残るは99Fのみですよー！　決断はお早めに！　お値段は今だけの特別価格！　期間限定五億カネ！」

（おい……前来た時も99Fは五億だったよな？）

「なっ……！　高っ！　……って、気になるけど、とりあえず〝空の大樹〟に向かわなきゃ……！」

「おや？　オーナー、今日は牧場を覗いてはいかれないんですか？」

「すまん、ちょっと別の用事でな」

「そうですか……」

ダガネルは幾分、しゅんとした表情を見せる。

「ですが、タワーを出ますと元の場所への帰還ワープの権利が失われますが、大丈夫ですか？」

「あぁ、構わない……」

そこからジサン達は急いで、コウベに向かった出発点であるトウキョウはスミダに戻り、空の大樹を駆け上る。

空の大樹は超高層の大型ダンジョンではあったが、ツキハ、チユはラファンダル攻略時に経験済みであり、おかげで効率的に進行することができた。

ソラノ大樹、頂上付近。

巨大な扉の前に立つ。

「着いた……間に合った……のかな？」

ツキハが囁くように言う。確かにまだアルヴァロ討伐の報せは届いていない。

「そうね……懐かしさすら感じるわね……そんなに時間は経っていないのだけど……」

「あの時は初めて三人での魔王挑戦で、すっごい必死だったね……」

（……初めて三人？　第四魔王：アンディマの討伐も三人だったはずだが……）

もしかしてちょくちょく出てくる〝ミテイ〟という名の人物が何か特別な存在であるのだろうか

……とふと思うジサンであった。

「そうね……」

「さて……思い出話もこれくらい……ジサンさん、今回は本当に有難うございました……」

「いえ、こちらこそ貴重な体験ができました……」

「そう言ってもらえると嬉しいよ……それじゃあ……」

ツキハが巨大な扉を押す。

扉はゆっくりと開く。

その時であった。

ふいにポップアップが発生する。

「っ……!?」


＝＝

◆二〇四二年一〇月
魔王：アルヴァロ
┏討伐パーティ〈リリース・リバティB〉
┣ライ　　クラス：アサシン
┣アキトモ　クラス：森人
┣グル　　クラス：アーク・ヒーラー

「サイカ　クラス：勇者」

＝＝＝＝＝＝＝＝＝＝＝＝＝＝＝＝＝＝＝＝＝＝＝＝＝＝＝＝＝＝＝

扉が開く。

中にいた今しがたアルヴァロとの戦闘を終えたと思われる四人がこちらを見る。

「今日は何て良い日なのかしら……」

（……も、茂木さん）

「一足遅かったわね…………小嶋くん……」

6章　おじさん、論理的無敵

「は？　アルヴァロを倒したい？」

茂木彩香【サイカ】はリリース・リバティのメンバーに相談を持ち掛けていた。

ウエノクリーチャーパークでツキハを殴打したバンダナの男。アサシンの〝ライ〟である。

サイカらはもう少しで最高幹部になれる……逆に言えばもう一歩で最高幹部になれない……所謂《いわゆる》、Bチームであった。

「んな、馬鹿な……相手は魔王だぞ？　魔王戦は逃走不可だと聞いた。下手したら死ぬぞ？」

「それはわかってるけど……あんた、悔しくないの？　あんな風に負かされて！　私は絶対、報酬の呪殺譜であの男に仕返しをしたいの！」

「そりゃ、むかつくのは確かだが……」

「魔王を倒せば一気に最高幹部になれるかもしれないわよ……？　舐めた奴に仕返しもできる。一石二鳥じゃない？」

サイカの囁きにライはぴくりと反応する。このライという男はプライドが高く、舐められる、見下されることに対し、過剰に反応する節がある。サイカはそれを知っていた。

「なるほど……ん……？　ちょっと待てよ……」

「ん？　どうしたの？」

「いや……確かに……そんなに言うなら仕方ない……」

「やってくれるの!?」

「あぁ……確かに一気に階段を駆け上がるには悪くない話かもしれない…………それに……長い付き合いだろ?」

「ライ……」

「流石に二人では厳しい。アキトモとグルも誘おう」

「そうね……！　助かるわ……！　私も……プライドを捨てて……クラスチェンジするわ……」

「プライド？　さて……どんなクラスになるのやら……」

「それは後で！」

「わかったわかった……！　しかし、肝心のアルヴァロはどこにいるんだ？」

「うーん、それはまだ……ただ、私にちょっと……いい考えがあるわ……」

「ねぇ……ヒロさん……わたし……ドキドキするの……」

艶のある声が二人きりの薄暗い部屋に響く。

「えっ？　あっ……はい……小官もであります！」

バーの個室にある黒革の高級そうなソファで、サイカは緑のおじさんにぴたりと寄り添い、胸の辺りを人差し指でクルクルと詰《なじ》る。

「ねぇー、ヒロさん……自治部隊ってすごい情報網を持っているって聞いたけど……」

「自治部隊三チームの提携により、情報ネットワークは非常に洗練されています！」

「ねぇ……魔王……の情報、持ってたりするの……？」

「え？　それは………」

「ねぇ………ヒ・ロ・さ・ん……」

サイカはヒロの耳をかぷりと甘噛みする。

「っっっ……!!」


「やった……！　手に入れたわ……！　あの正義おっさん、ちょっと突いただけで、簡単に口を割ったわ」

「あはははは！　これだからウブなおっさんはかわいいねぇ……！」

ライは高笑いする。そして、確認する。

「しかし……覚悟はいいのか？」

「月丸隊が次々に魔王を討伐している……急がなきゃ取られるぞ」

「それにこの匿名のアングラ・ナイトってもしかして……」

アーク・ヒーラーのグル、森人のアキトモがそれぞれ言う。確信があったわけではない。

だが、サイカは断定する。

「小嶋…………！」

◎

「くそぉ……！　やられる……！」

「畜生がぁああ！」

やばい……やばいやばいやばい！

サイカは焦っていた。

魔王：アルヴァロとの戦い。

中盤までは何とか乗り越えてきた。終盤になり、ボスのパターンが変わった。不運もあり、パーティの回復の要、アーク・ヒーラーのグルが瀕死となっている。

このままじゃ全員死ぬ……！

あいつらはこんな修羅場をくぐり抜けて来たって言うの？

「諦めるんじゃねえ！　やつらに一泡吹かせるんだろ!?　ここで死んだら全部水の泡だ！」

「っ!?」

ライが鼓舞する。

サイカの目にも力がこもる。

そうだ……諦めちゃダメ……どうしようもないやつらだけど……やっと確保した居場所なのだから……。

「スキル：デス・ディフュージョン……」

それでもアルヴァロが攻撃の手を緩めてくれるわけではない……。

グルを一撃で仕留めた光弾。

弾数は多くないが恐らく被弾すれば即瀕死。

「くっ……」

無情にも弾はサイカのところに集まってくる。

もう少し……もう少しで次スキル発動のインターバルが終わるのに……アタッカーの私が倒れたら……。

「もうダメ……」

「うぉおおおお！」

「アキトモ!?」

「ライ、サイカ！　後は頼んだ……！　決めてやれ……！　ぐわぁああああ！」

サイカを庇うように光弾を被弾した森人のアキトモが倒れる。

「いくぞ、サイカ！　インターバルは終わったか!?」

「うん……！」

「よし…………！」

「スキル：ブレイヴ・ソード！」

「スキル：静殺刀……」

勇者の剣から放たれる激しい閃光、アサシンの静かなる斬撃がアルヴァロに直撃する。

ファンファーレが鳴り響く。

「はぁ……はぁ……やった……やったの……？」

「あぁ……」

やった……成し遂げた……

やっと……やっと……あいつに仕返しできる……

「メガ・ヒール」

「やったな、ライ」

瀕死から復帰したグルが回復魔法をかけ、アキトモらも健闘を讃えている。

その時、ボス部屋の扉が開く。

なんて……なんて幸運なのか……

復讐を誓った……私に〝呪い〟をかけたその人物がノコノコとやってきたではないか……。

(茂木さん……)

「小嶋ぁ……！　ちょうどいいところに来たわねぇ！」

「え……？」

ジサンはサイカの熱烈な歓迎に戸惑う。

「今、私達は魔王：アルヴァロを討伐した。なぜ命を懸けてまで、そんなことしたかわかる？」

(……えーと)

「あんたに仕返しするためよ!!」

(マジか……)

「よくもこの私をコケにしてくれたわね……！」

(呪殺譜で俺を……？　そ、そこまで恨まれるようなことしただろうか……)

「ま、マスター……」

「ジサンさんが……やばい……の？」

サラとツキハが明らかに焦っている。

「えーと、ＭＶＰは……」

「俺だ……」

バンダナの男、ライがボス報酬を受け取る権利を有するＭＶＰであったことを申告する。

「さぁ、ライ、呪殺譜を私に……！」


「何で？」


「……え？　今、何て……？」

「おいおい、聞こえなかったのか？　何で？　と言ったんだ」

「え？　えーと……だから、こいつに仕返しするために……」

「うん、何で俺がそんなくだらないことに協力しなくちゃいけないんだ？」

「……え……」

「俺はこの呪殺譜を以《も》ってクランの頂点に立つ……」

「そ、そんな……アキトモもグルも何とか言っ……えっ!?」

二人はニヤニヤとサイカを見つめている。

「ライ……俺達もちゃんとナンバー2にしてくれよ？」

「あぁ……勿論だ……」

「まさか……最初から……」

「そうだよ……！　今更気づいたか？　処・女・お・ば・さ・ん……何で俺達がおばさんの粘着に付き合わなきゃいけねぇんだよ!?」

「っっ!?」

サイカは血の気が引くような表情をしている。

「やばいやつらに渡ってしまったのは否定できないけど、どうやら内輪揉めしてくれているみたいね。クラン内での権力争いに使用するということなら差し当たっての脅威は回避したってことで大丈夫かしら……」

ツキハが現状を分析する。

「勇者ちゃん、ちーっす！　もしよければまた遊ばなぁい？」

「っ……！　この……」

「待って、ツキハちゃん」

「っ……！」

「悔しいけど、相手が切り札を持っている以上、ここは一旦、引くしかないわ」

チユがそう言うと、ツキハは少し戸惑いつつも諦めたように扉に向けて歩き出す。

「このクソ野郎っ!!　騙したわね!!」

「あっ？　口の聞き方には気をつけた方がいいぞ？　処女おばさん……」

「っ……！　黙れ！　腐れ野郎っ‼」

「あ゛ぁ⁉」

「きゃあああ゛あああ！」

（……）

サイカが押し倒され、ライが馬乗りになっている。

「どうやら調教が必要なようだ……」

「え……⁉」

「少々、熟してはいるが素材は悪くない……」

「え？　え⁉　何⁉」

「ウエノでできなかった実験を再検証しようかと……」

「……っ！」

「勇者が純真無垢でなくなったら、どうなるんだろうねぇ？　おい、グル、撮影だ」

「うそっ……⁉」

「ライ……流石にそれはゲスいな…………任せろ！　最高画質でな！」

「はは！　いいね！　ただ、美肌補正はかけてやれ」

サイカはライの行為を侮蔑するようなことを言いながら、支援するようなことを言うグルに狂気を感じる。人は集団になると、自制が利かなくなるのかもしれない。

ツキハ達は複雑な表情を浮かべつつも関わらないことにしたのか去っていく。メンバー内で、最も正義感の強いのはツキハであったが、この件については〝自業自得だ〟と感じるのは致し方なかった。

「喜べよ？　果たせぬと諦めていたものを俺が今、果たさせてやるんだからよ？」

「っ……⁉」

「さて……」

「いや………」

ライの手がサイカへと向かう。

サイカは大粒の涙を流す。

「……助けて……」

（……）

サイカが消え入るような声で呟く……ジサンとサイカの視線がぶつかる。

「助けて……って、お前、そりゃあ流石に虫がいいだろ⁉　さっきまで殺そうとしてた連中によぉ
……！」

「……殺すつもりなんてっ！」

「はっ⁉　誰が信じるかよ⁉　俺ですらその言い訳は見苦しく感じるぜ？」

「っ……！」

サイカは論破される。

信じてもらえるはずがないが殺す気なんてなかった。

彼を大蜘蛛の部屋に置き去りにしたあの日、せっかく未遂で済んだものを今更、殺そうとなんて

思っていない……

ただ、あの時された私への〝興味を完全に失った目〟をどんな形であっても変えたかっただけなんだ。

これはきっと〝罰〟だ……


『なぁ！　彩香⁉　あれって罰ゲームだよな？』

サイカの頭の中をなぜか学生時代の出来事が過《よぎ》る。

どうしてこんな時に……

「スキル：蔓拘束」

クラス：森人のアキトモによる拘束スキルでサイカは抵抗手段を失う。

「卑怯者っ‼　このチキン野郎‼」

その罵声で、ライの動きが止まる。

「……っ」

「……あーあ……今ので、ぷっつんきちまった……俺は臆病者と蔑まれるのが世界で二番目に嫌いなんだよ」

「えっ……？」

「遊ぶだけにしようと思っていたが……ボコボコにすることにした」

そう言うと、ライは黒刀を取り出す。

「っ……」

だが、サイカにとってはむしろそれでよかった。

辱《はずかし》めを受けるくらいなら……

ライは容赦なく、サイカへ斬撃を浴びせる。

「きゃぁあああああ！」

魔王戦ですでに減少していたサイカのＨＰは短時間で残り僅かとなる。


＝＝＝

253　名無しさん　　ID:pssjitaa
キルウェポン使ってるやつらいるっぽい

276　名無しさん　　ID:la9ajga0

ウエノ周辺が特にやばいらしい

いつだったか掲示板で見た書き込みだ。
ウエノクリーチャーパークでの自身が受けたリリース・リバティによる襲撃。
エクセレント・プレイス〝ヒロ〟から齎《もたら》されたウエノでの殺人事件の件。
残り僅かとなったサイカのＨＰ。

それらの情報から導かれる少し先の未来――

それはサイカの死。

こんなどうしようもない女、見捨てればいいのに……

〝罰ゲームだよ？　ごめんね……でも普通、気づくよね？〟

それは単なる俺の願望だったのかもしれないけど、声が震えていたんだ……
あの時、〝そんなの嘘だよな〟と言えていれば……

〝……私がいるよ……〟

と、たった一言で俺を拾い上げてくれたあいつのように……


「あのー……やめてあげた方がよくないですか？」

「…………っ!?」

サイカの耳に自信なさげな同窓生の声が確かに聞こえた。


〝罰ゲームだよ？　ごめんね……でも普通、気づくよね？〟

自らが発したこの言葉がサイカの人生にある種の〝呪い〟をかけた。

きっかけは確かに罰ゲームだった。

罰ゲームでクラスNo．1の冴えない地味男子に告白した。

その時点で悪質な行為ではあったが、断りきれなかった。

しかし……

鼓動が高鳴るようなときめきはない、張り裂けるような切なさもない。

それでもどこか心休まる温もりがあった。

恋愛感情なのかはわからなかったが、好意を抱きつつあるのは自分でもわかっていた。

それなのに……


『なぁ！　彩香!?　あれって罰ゲームだよな？』


「え……？　あの……じ、実は……」

『え!?　なんか……ちょっとマジになってない？』

『うそでしょ!?　あの小嶋に!?　ウケるんですけど！』

「ちょ……ちょっと止めてよ……そ、そんなわけ……ないじゃん……」

素直になれなかった。

いや、それ以上に流された。

彼との関係を茶化したグループのメンバーがその後、告白してきた。

心の隙間を埋めるように付き合ったが、すぐに別れた。

それ以来、誰も異性として見れなくなった。

不整合な心を守るため、自分はあいつに無茶苦茶にされた、だからあいつを憎んでいるのだと自己暗示をかけた。
そしてそれからは……流されて流されて、ずっと流され続ける人生だった。
階級《ヒエラルキー》の高い位置に居続けた。
だが、そこに居続けるために周りに合わせ、周りがすることをした。
周りがやっているから許されるものばかりではない。
だが、人間とは弱いものだ。
連鎖反応。それだけで罪悪感は薄まり、時に免罪符になり得る。
急いでいるから赤信号を渡ってしまえ。あの人も渡っているし……
そんな些細な感情が次第にエスカレートする。
いつしか越えてはいけないボーダーを越えてしまう。
そこから先は歯止めが利かなくなる。
リリース・リバティも最初はこんなクランじゃなかった。
純粋にゲームを攻略するために立ち上げられたクランだったはずだ。
しかし、クランが小悪党の集団となれば、彼女もその一部となってしまう。
自身の地位を守るため、他人と歩調を合わせる。
ずっとそうやって生きてきた。そういう生き方しかできなくなっていた。
いつしかプライドだけが高い最低な人間に成り下がっていた。

「あのー……やめてあげた方がよくないですか？」

「あ？　…………」

ライは一度は聞こえたような素振りを見せたが、無視するようにもう一度、サイカを切りつける。

「きゃぁあああ」

（っ……）

そして、もう一度……。

「!?」

金属がぶつかり合うような甲高い音がドーム状の部屋に響く。

「マスター!!」

「ジサンさん!!」

気付けばジサンはライとサイカの間に割り込んでいた。

「てめぇ……」

それが危険、いや無謀に近いことはジサンも承知していた。

故に、ジサンは瞬時にライを仕留めようとする。

（スキル：陰剣……！）

「っ⁉」

だが、他の二人が身を投げ出すように間に入り、ライを仕留め損なう。

「っ……‼　ちくしょうがっ‼　舐めやがって‼　俺が何を持ってるかわかってねぇのかっ⁉　俺はなぁ！　舐められるのがこの世で一番嫌いなんだよ‼」

アサシンも非常にアジリティに富んだクラスであった。

壁となった二人はHPがゼロになり、行動停止となるが、ライはその隙をついて距離を開ける。ライは出口の反対側に位置し、ボス部屋から去ろうとしていたジサン以外のメンバーも手が出せない。

「くそっ……計画が狂った……だが、調子に乗った正義おじさんを仕留められるなら仕方ない……」

ライはニヤリと微笑む。

「えっ……まさか……ジサンさん！」

「ま、マスター……‼」

「っ……」

「魔具………〝呪殺譜〟……」

ライの目の前に一枚の印譜が現れる。そして、その周りに、どす黒い禍々しいエフェクトが発生する。

その刹那、ジサンは思う。

恐くない。死んでもいい。

別にいい。元々、死のうとしていたのだ。

だけど、おかしい……

ならばなぜ今、俺の頭の中は、あの山羊娘の笑顔で一杯なのだろうか……

「マスタぁあ……!!　死んじゃダメぇええ!!」

「っっっ」

【エラー：該当アドレスが損傷しています】
【該当アドレス：2&jibg%l2i2】
【アイテムコード：t90jj9290jf9ajr3 の実行に失敗しました】

（え？　…………はい？）

「は？　なんだ？　呪殺譜は？　ない……!?　使用された？　なんでだ!?　ふざけんなっ!!　バグってんじゃねえか!!」

そのクレームは全くもって正当であった。

奇跡と言えば聞こえはいいが、この盤面において、ゲーム的に不公正《チート》なのは完全にジサンの方であった。

（…………何が起きた？）

「マスター…………マスタぁあ……！」

本人らもよくわかっていない。サラでさえ。

だが、ジサンには何の変化も起きず、呪殺譜は消滅した。その結果だけがそこに存在した。

ゲーム開始時に半分死にかけていたジサンはリカバリ処理が施された際に、〝ゲーム的死亡を司る設定値《アドレス》〟、いわゆる死亡フラグが破損していた。

これにより、ジサンは死亡フラグが書き変わることがない実質的な不死、すなわち〝論理的無敵状態〟となっていたのだ。

「あの……なんかすみませんが……」

ライの目の前にはジサンがいつの間にか迫っていた。

「っ……!?　うわぁあああああああ!!　化け物がぁああ!!」

（ひどい………）

心ない誹謗中傷に傷付きながらもジサンは剣を振りかざす。

（スキル：魔刃斬……）

そして、その剣を思いっ切り叩き付ける。

ライの体幹を真っ二つにするように斬撃エフェクトが発生する。

「ぎゃぁあああああ!!」

ルールに守られているので死にはしない。

だが……オーバーキルもいいところだ。


「うわぁあああん！　マスター!!」

「!?」

サラが飛び込んで来る。

両目の目尻に涙が一粒ずつ溜まっている。

「ごめんなさい、この無能なサラをお叱りください!!」

「えっ!?」

「離れてしまいすみません……！　それに、手段はあったはずなのに頭が真っ白に……！」

「………」

ジサンはサラの頭にぽんと手を置く。

「はうっ……ごめんなさいっ！」

「俺の方こそすまんな……もう死んでもいいなんて思わない……」
「……そんなの……当たり前です……」

「で、こいつらどうするの？」
サイカが自発的に渡してきた魔具〝拘束具〟によりゲーム的に拘束された三人を見て、チユが確認する。

＝＝＝＝＝＝＝＝＝＝＝＝＝＝＝＝＝＝＝＝＝＝＝＝＝＝＝＝＝＝＝

■魔具：拘束具

【効果】

行動停止状態のプレイヤーを拘束する。この拘束により行動停止が延長されるが、拘束されている者に対し、危害を加えることはできない。

＝＝＝＝＝＝＝＝＝＝＝＝＝＝＝＝＝＝＝＝＝＝＝＝＝＝＝＝＝＝＝

ツキハが答える。
「自治部隊に引き渡して判断してもらうのがいいかな」

「そうね、わかった。ジサンさんもそれでいいですか？」

「はい、異論ありません」

となれば……

ジサンはへたり込むサイカの元へ訪れる。離れませんの言葉の通り、サラが付いて来る。

そして三人同様に行動停止とするべく剣を振りかざす。

「……助けてくれて……ありがとう」

（………）

「そして……謝らなくちゃいけない」

（………）

「あの時……素直になれなくて……本当にごめんなさい……」

（……！）

（……あの時とは……学生時代のことだろうか……？　正直、地下ダンジョン三〇階層での出来事までは思い出したくもない過去だった。だが、今はもう何とも思っていない……）

「あれ……？　どうしてだろう……もっと謝らなくちゃいけないこと沢山あるのに……」

サイカはそんなことを言いながらポロポロと涙を流す。

「傷つけるってわかっていたのに……ちっぽけなプライドに負けてしまった……その上、逆恨みまでして……本当に弱い……それ以上に最低なやつだ……」

（彼女もまたずっとあの小さな出来事を引きずっていたのだろうか……）

サイカは自責の言葉を口にし、拘束されたパーティメンバーに視線を向ける。

「……仲間ももういない……いえ……仲間だと思っていたのは私だけだった……」

（………）

「全て自業自得ね……」

サイカは今、何も持っていない。

それはまるで、ゲームが始まる前の自分自身《ジサン》のように。

そしてなぜか不意にひきつるような笑顔で言う。

「虫がいいってわかってる……だけど、一つお願い……聞いてくれないかな……」

「……？」

「私を……ゲームオーバーにして……」

「……!?」

「その子なら……できるのでしょう？」

サイカはサラを見つめた。

（……流石に殺すのは……）

「マスター……！　そいつには死よりもずっと苦しく惨めな〝とっておき〟の刑罰を与えましょう」

サラは口角を上げて、にやりと微笑む。

「!?」

サイカの表情が歪む。

「ユウタ：お前ら、一体どこに？」

「ツキハ：あ、ごめん、ユウタのこと忘れてた。今、トウキョウ」

「ユウタ：は？　え？」

彼らの引き渡し等を終え、別れ際、ツキハがポチポチとメッセージを打っていた。

「ごめんなさい、ユウタからでした」

「あ、そういえば置いてきてしまっていましたね……大丈夫ですか？」

「大丈夫、大丈夫！　それより、改めて今回は本当にお世話になりました」

「いえ、こちらこそ」

「最後、ちょっと……いや、かなりヒヤリとしましたが、結果的に何もなくてよかったです」

「そ、そうですね……」

「でも……どうして大丈夫だったんですかね？」

「うーん、状態異常耐性が有効だったのか……呪殺譜に不具合があったのか……」

（…………もしくは、ゲーム開始の時に出た謎のメッセージと関係あるのだろうか……しかし、なにぶん、自殺中だったもので意識が朦朧としていてあまり覚えていない……）

「そうですね……よくはわかりませんが本当に何もなくてよかったです。結果的にはよかったですが、どうすればあの危機を回避できたかこちらでも考えてみます」

「はい……」

(今更だが、少し無謀過ぎた……こちらも反省しなければ……)

「それじゃあ……ちょっと名残惜しいですが、これで一旦、パーティは解散ですね……」

「はい……」

「あの！　……もしよければ強敵と戦う際は、またヘルプをお願いしても……いいですか？」

「え？」

「あ、いや、全然、嫌だったらいいんですけど……えーと、えーっと……」

ツキハは不安そうな顔で尋ねる。

「………ぇぇ。私などでよければ……」

「……っ！　……はい！　有り難うございます！」

ツキハは目を細めて微笑む。


一週間後。

ジサンとサラは牧場を訪れていた。

「あっ、オーナー、いらしてたんですか」

ジサンが牧場の1F、エレベーターホールにてエレベーターを待っていると、後ろから声を掛けられる。振り返ると、神出鬼没の牧場管理人兼セールスマンのダガネルであった。

「お、おぅ……」

ジサンの愛想が良いとは言えないリアクションでもダガネルは気にする様子はないようでニコニコしている。

「えーと……ちょうど一週間ぶりくらいの来牧ですかね……」

「そうだな……」

「うんうん、ちゃんと定期的に来ることはいいことです！」

「ん……？」

「わかりませんか？　ちゃんと来てくれないと、いじけちゃいますよ？」

ダガネルは謎の上目遣いでジサンの顔を見る。

「え……？」

ジサンはそれを見て、少したじろぐ。

「お前はそんな風には……」

「お前……？　……嫌だなぁ！　モンスター達のことですよ！」

「……！」

ジサンは自身の自意識過剰に恥ずかしくなる。

「まぁ、それはいいとして、ファーマーの具合はどうなんですか？　……あ。今日はそれの視察ですか？」

「……まぁ、そんなところだ」


「旦那様！　おかえりなさいませ」

牧場フロアに入ると、来ることを予期していたのか真っ先にディクロが迎えてくれる。

そして……

「小嶋くん……久し振り……って程でもないか…………」

そこにはつなぎを着て、麦わら帽子を被ったサイカがいた。

＝＝＝＝＝＝＝＝＝＝＝＝＝＝＝＝＝＝＝＝＝＝＝＝＝＝＝＝＝＝＝＝＝
牧場レベル：3
生産力：6982
総戦力：46424

モンスターリーダー：ディクロ
ファーマー：サイカ

解放施設：
自動訓練施設、優勢配合施設、生産施設
生産対象：
フックラ・オーク（素材）
ソラノ・ドラゴン（素材）
精霊：
フレア、シード、リトーション・シャドウ

＝＝＝

サイカは罰を課されたのである。

ジサンはサイカに牧場の従事者として指定できる〝ファーマー〟になってもらったのだ。

あの時、ゲームオーバー《死》を望んだサイカであったが、手を差し伸べたのは意外にもサラであった。


「マスター……！　そいつには死よりもずっと苦しく惨めな〝とっておき〟の刑罰を与えましょう」

「!?」

（流石にそこまでは……）

「そうです……！　クネネチ女と共にボロ雑巾になるまで奴隷のように働かせるのです！」

「……！」


アルヴァロの件があってからすぐに牧場レベル3になった。それにより指定可能となったモンスターリーダーにはディクロを指定した。

サイカは話し相手として悪くない……とはディクロの言葉である。少し陰のある大人の女性同士、馬が合うのかもしれない。

モンスターリーダーを指定することで総戦力が上昇した。一方、ファーマーを指定したことで生産力が上昇した。生産力が上昇したことで素材の生成が効率化されるようだ。総戦力については何のための値なのかは現時点では不明だ。

更にサイカは牧場に入ってから五日ほどでクラス：〝ファーマー〟への変更が可能となったらしく、いつの間にか勇者からファーマーへクラスチェンジしていた。勇者など高位クラスは基本的に片道切符のクラスだ。故にもう勇者には戻れない。このクラスチェンジにはそれなりの覚悟を要したはずだ。ファーマーにはいくつか便利な生産スキルがあるらしく、ジサンにとっては正直言って有り難かった。

ふとジサンはここ一週間で起きた出来事を話題に出す。

「あの件は気の毒でしたね……」

「……はい」


＝＝

◆二〇四二年一〇月
魔王：アルヴァロ
「討伐パーティ〈リリース・リバティB〉

├ライ【死亡】　　クラス：アサシン
├アキトモ【死亡】　クラス：森人
├グル【死亡】　　クラス：アーク・ヒーラー
└サイカ　　　　　クラス：勇者

＝＝＝＝＝＝＝＝＝＝＝＝＝＝＝＝＝＝＝＝＝＝＝＝＝＝＝＝＝＝＝＝＝＝

アルヴァロを討伐したリリース・リバティのサイカ以外のメンバーはエクセレント・プレイスの牢獄に収監されていたが、不運なことに牢獄が〝モンスターの襲撃〟に遭い、亡くなってしまったとヒロから報告を受けていた。

ツキハによるとヒロはとても申し訳なさそうにしていたそうだ。魔王討伐メンバーが亡くなると、公開リストにその情報が反映された。そして、そのことにサイカは少なくはないショックを受けていた。ジサンにとっても複雑な気持ちであった。

「どうですか？　ここでの生活は？」

「まだちょっと戸惑いもあるけど、とても和やかな場所だわ」

「そうですか……」

サラ本人は本気で死よりも苦しい刑罰と思っていたのかもしれないが、サイカにはそうではなかったようだ。

「ただ、なぜか小悪魔《インプ》に気に入られてしまって……」

（道理で先程から脚にしがみついているわけだ……）

小悪魔族のOランクモンスター〝ギダギダ〟は体長四〇センチほどだが、悪魔族というだけあって、なかなか凶悪そうな濃い顔立ちをしている。

「ぎぃぎぃい」

（ん……？）

ギダギダはサイカの体を木の幹のようによじ登ると首筋をペロリと舐めた。

「ひっ……！」

サイカは身震いし、青ざめる。

「ぎぃぎぎぃ」

ギダギダは嬉しそうにニタニタ笑う。

（まさかこいつのせいで勇者を辞めたってことはないよな……）

「でも……私を雇ってくれて本当にありがとう……」

「一応、懲役ということなので……」

許可のない外出は禁止、ディクロによる監視付きだ。それでツキハラも納得してくれた。

「うん……！」

しかし、懲役に当たりツキハラがサイカに少々、事情聴取を行ったのだが、予想していたことと一部、違うことがわかってきた。

「えっ？　殺し武器《キルウェポン》？　そんなのないでしょ？　プレイヤーのＨＰをゼロにしても死亡はしないって、

ちゃんとルールに書いてあるじゃない？」

サイカの言葉の中で印象的であったのはこれであった。

ジサンはルールを再度、確認する。


＝＝＝＝＝＝＝＝＝＝＝＝＝＝＝＝＝＝＝＝＝＝＝＝＝＝＝＝＝＝＝＝
③プレイヤー同士のダンジョン内での攻撃解禁
これまで禁止していたプレイヤー同士の攻撃をダンジョン内に限り解禁します。モンスターとの戦闘中はこれまで通り同士討ちは発生しません。プレイヤーの通常武器による攻撃でＨＰがゼロになった場合、死亡はせず、三〇分間の行動停止となりますのでご安心ください。気軽に決闘をお楽しみください。

＝＝＝＝＝＝＝＝＝＝＝＝＝＝＝＝＝＝＝＝＝＝＝＝＝＝＝＝＝＝＝＝

確かにＡＩは先入観を抱くなと言っているが、同時にフェアであるとも言っている。

ルールに明記されていることを覆すことはパラダイムシフトではないということなのだろうか……などと考えるが、よく見ると、〝通常武器による攻撃〟ともあり、何とも言えないな……とジサンは悩むのであった。

考えを整理するためにサイカの供述をジサンはメモに取っていた。

＝＝＝＝＝＝＝＝＝＝＝＝＝＝＝＝＝＝＝＝＝＝＝＝＝＝＝＝＝＝＝＝＝＝

・サイカ本人はプレイヤーを強モンスターに引き当てる行為は何度かした。しかし俺を含め、いずれも失敗（未遂）に終わった。

・仕様変更以降、リリース・リバティにおいて襲撃行為もしばしばされていた。サイカも参加したことがある。基本的には単なる憂さ晴らしとしてされていた。（ノルマ制によりクランは殺伐としており、メンバーはどこか苛立っていた）

・殺し武器について、そんな物は存在しない。あったとしても少なくともサイカの知る限り、リリース・リバティは所持していない。

・ウエノでの殺人事件にも関与していない。そもそもプレイヤーを直接、殺す手段はない。

＝＝＝＝＝＝＝＝＝＝＝＝＝＝＝＝＝＝＝＝＝＝＝＝＝＝＝＝＝＝＝＝＝＝

サイカが１００％、本当のことを言っているかはわからないが少なくともジサンの目には真実を語っているように見えた。そうなると、いくつかの噂は単なるデマであったのだろうか……と皆、首を傾げた。

「さぁ……行くぞ。サラ……」

「はい！　マスター……どこまでもお供します！」

（……）

ジサンはぼんやりと考えていた。

アルヴァロ事件の際、学生時代のあの時、サイカを引き止めていれば……

そんな後悔が想起したこともあった。

けれど、きっとそうしていたら、この山羊娘とは出会っていなかった気がする。

「……」

「どうしたのですか？　マスター？」

「あ、いや……行くぞ」

「はい！　……どこに行きましょう？」

「……そうだな……久しぶりに……あそこに行ってみるか」

「……？」

サラと出会った場所だよ……とは何となく照れくさくて言いづらかった。思えば九二階層でサラを連れ出すために離脱してからもう一年以上も経過していた。

それを目標にしていたわけではないが、一〇〇階層には何があるのか……はたまた何もないのか、ジサンも多少なりとも、それが気になっていた。

（……そういえば、ウォーター・キャットさんもいるらしいな……）

ツキハとの会話に何度か出てきているパーティ・ウォーター・キャットは初代の第一、第三魔王を倒したレジェンドパーティである。そのウォーター・キャットもなぜか今、これからジサンが向かおうとしているダンジョンを攻略しているらしいのであった。

(……何であんなダンジョンに？　確かに難易度は異常に高いが……)

そんなことを思いながら、ジサンとサラは牧場を後にする。

新たなモンスターを求め、カスカベ外郭地下ダンジョンの再攻略へ向かうために。

エピローグ　東京某所牢獄にて

少し時間を遡る。

トウキョウ某所、牢獄にて。

「リリース・リバティがキルウェポンを持っているらしい……っと……」

リリース・リバティBチーム。ライ、アキトモ、グルの元に現れた緑の装備をした男が端末をいじりながらそんなことを呟く。

「おいっ！　おっさん、何のつもりだ!?」

「……」

男は返事をしない。

返事をしないが監獄の扉を開ける。

よく見ると、ネコ耳の少女も連れている。

「え……？」

そして、三人の拘束具を外す。

「どういう……まさか助けて……」

「君達を解放する……助かるかどうかは君達次第ではあるが……」

「え……!?」

男は剣を抜き、そして三人に向けて構える。

「ちょっ……」

慌てて、三人も戦闘態勢に入る。

「な、何をするつもりだ!?」

「何って処刑だよ」

「なっ!? 俺達のやったことは未遂だろうが！ 何でいきなり処刑されなくちゃいけねえんだよ!?」

「そんなことは些細なことさ……生きていることそのものが罪なのだから……」

「はっ!?」

三人は抗議するが、相手の完全なサイコパスな回答に唖然とする。

だが……。

「馬鹿だな！ 三対二……こちらが勝てばいい！ それにおっさん、殺すったってどうやるんだ？」

「君達、殺し武器って……」

「そんなものはないだろ!?」

「…………お、流石に知っていたか……」

「……舐めやがって……！」

「確かに、そんなものはないよね。少なくとも今のところは。ちなみに、その噂を流したのは他ならぬ僕達だ」

「なっ!?」

「君達はいい感じにスケープゴートになってくれてなかなか面白かったよ。リリース・リバティが〝呪殺譜〟を手に入れたことで愚民の不信感は更に増すだろうね……月丸隊が取るという展開もなかなか魅力的ではあったのだけど……」

三人は男の言っていることをすぐには呑み込めない。

「あ、どうやって殺すかだっけ？　君達さー、モンスターの中に、プレイアブルな個体がいることって知ってる？」

「えっ？」

「その顔は知らないみたいだね……ちなみにここにいる彼女がその一例なんだけど……」

「にゃっ！　ネコマルにゃ！　よろしくにゃ！」

「っ……！　ね、ネコマル!?　大魔王の!?」

「そうそう！　よく知ってるね！」

「なっ……!?」

知らないプレイヤーは少ないだろう。ネコマルというボス名はボスリストの三体の大魔王の一角として名を連ねているのだから。

「まぁ、この時点で問題なく、殺せるよね？」

「っっっ」

「それに加えて、モンスターにプレイアブルがいるのなら、その逆……つまり、プレイヤーがモンスター化する権利があってもおかしくないよね？」

「なっ……」

その言葉と同時に緑のおじさんには名称が表示される。

プレイヤーならば表示はされないものだ。

名称が表示されるのはモンスターに見られる特徴だ。

その名は〝ヒロ〟。

と同時にヒロが一歩前に出る。

「ひっ……」

三人は底知れぬ恐怖に震えが止まらない。

「な、なんでこんなことしやがる!?」

「何でって、モンスターはプレイヤーを狩るのが本分であり、仕事《ノルマ》なの！」

「っっっ……!?」

「それに君達、魔王を討伐するほど強いじゃないか」

「……!?」

「モンスターってのはプレイヤーの攻略を阻害する生物でしょう？　君達のような強～いプレイヤーは始末できる時に始末しないとね」

「ウエノで〝リヒト〟を殺したのもお前らか……？」

「そうそう！　彼もなかなか強いソロプレイヤーだったからね！　どこかの強いパーティに参画していたらかなり厄介な存在だったね。でも君達はその噂話を威圧に利用してたじゃない？　お互い様っ

てことで！」

「くっ……」

「それじゃあ、バトルを始めましょうか。でも、諦めるのはまだ早いですよ！　運が良ければ史上初の大魔王討伐パーティという名誉を得られるかもしれないですよ！」

「にゃっ！　趣味は拷問だにゃ！」

「ひっ……」

決して楽観視していたわけではないはずだった。

行いは外道であったとしても、プレイヤーとしては上位に位置し、魔王：アルヴァロを含め、複数に渡る死線を潜り抜けてきた。それが彼らを錯覚させていたのかもしれない。なんだかんだ言って死ぬことはないだろうと。


＝＝＝＝＝＝＝＝＝＝＝＝＝＝＝＝＝＝＝＝＝＝＝＝＝＝＝

そして、エクセレント・プレイスは今日も正義を執行する。

素晴らしい場所《モンスターの世界》を守るために。


＝＝＝＝＝＝＝＝＝＝＝＝＝＝＝＝＝＝＝＝＝＝＝＝＝＝＝

564　名無しさん　ID:pssjitaa
リリース・リバティがキルウェポンを持っているらしい

＝＝＝＝＝＝＝＝＝＝＝＝＝＝＝＝＝＝＝＝＝＝＝＝＝＝＝

《了》

回想　隠魔王との戦い

ジサンらが、ウエノクリーチャーパークにて100％テイム武器〝契りの剣TM〟を入手した直後の出来事。

「よくぞ参った。待ちわびていたぞ、旅の者」

赤いロングヘアにオリエンタルな衣装。グラマラスボディに、蝙蝠《こうもり》のような翼が頭についた大人びた女性の姿をしたモンスター。

マッシマイニシエダンジョンの地下、隠し部屋にて、隠魔王のディクロがジサンらとの一年越しの再会を歓迎する旨の発言で迎えてくれる。

ジサンはサラに加え、デリケート・ドラゴンになる前であったナイーヴ・ドラゴンを使役していた。

「待ちわびたとは随分と悠長だな。これから始まるのは武力による蹂躙だぞ」

サラがほくそ笑むように言う。

「確かに其方からは只ならぬ力を感じる。其方、何者だ？」

「大魔王：サラ」

相手が魔王であり、部外者がいないからかサラは堂々と言い放つ。

「なるほど、格上であるか。だが、大魔王であるならば、なぜ我に挑むのか？」

「っ⁉」

「モンスターとしての誇りを失った者よ」

「ふん……誇りか。くだらんな。価値観の違いだ」

「まぁ、いい……大魔王と言ったか？　上等ではないか。ならば、下剋上……させてもらおう！」

その発言と同時に、ディクロのＨＰゲージが充填される。

「す・き・る……ハート・ディフュージョン」


「っ⁉」

開幕一番、ディクロはハート形の光弾を拡散する。

「うぉっ⁉」

その光弾の量は凄まじく、明らかに回避可能な攻撃ではなかった。故にジサンにも被弾してしまう。

着弾箇所からは桃色のエフェクトが発生する。

（……〝虜〟状態？　何だこれ？　ってか、〝状態異常耐性〟無効か？）

ジサンは特性：〝状態異常耐性〟を所持しているのだが、〝虜〟状態はそれを貫通してきた。

「マスター！　畏れながらマスターは一度、下がっていてください」

サラがジサンを制止する。

「えっ？」

「奴は私が仕留めます」

「何でだ？　俺もやる」

「１００％テイム武器のデバフ効果は未知数です。侮らない方がいいです」

「っ……！」

サラの言う通り、ジサンはディクロの確実なテイムのために契りの剣ＴＭを装備している。この装備をした状態での明らかな強敵との対峙は初めてであった。テイム武器にはそのテイム性能の強さに比例して、自身へのデバフ効果が掛かる。契りの剣ＴＭは最大性能のテイム武器であり、そのデバフ効果も最大であることが予想される。

「……わかった」

ジサンはサラの忠告を聞き入れ、やや後ろに後退する。


「ま・ほ・う：ハ－ド・ハ－ト」


「っ⁉」

その間にもディクロは追撃の魔法を宣言する。今度のタ－ゲットはサラ単体であった。サラに対し、巨大なハ－トが出現し、そして石化、崩壊するようなエフェクトが発生する。

（スキルロック？　静止？）

サラに二つの状態異常が付与されたことを伝えるポップアップが出現する。

「す・き・る：束縛」

（っ⁉）

ディクロは攻めの手を緩めることなく、次のスキルを宣言する。

（束縛？　まさか〝拘束〟系か？　だとするとまずい……！）

直前のウエノでの出来事において、ツキハが〝蔓拘束〟状態にされてしまい、格下相手に手も足も出ない状態にされてしまったのだ。ディクロが前方にかざした掌からフヨフヨと黒いハートが放たれる。スピードは速くはないが確実にサラとの距離を縮めていく。

（サラは……っ⁉）

だが、サラはその場から動かない。

動かないのか動けないのかジサンには判断できなかったが、実際に、先刻の魔法：ハード・ハートにより掛けられた〝静止〟状態が原因でサラは一時的に通常の移動ができなくなっていたのだ。

「くっ……」

「魔法：ムー……」

サラは苦悶の表情を浮かべ…………なんてね。というように口元を歪める。

「ガッ！」

「っ⁉」

サラは目を見開き驚く。そして、ディクロも驚いていた。サラとディクロの間に、ドラゴンとおじさんが割り込んできたからだ。

スキル：束縛の黒いハートエフェクトは、よりディクロに近い側に割り込んだナイーヴ・ドラゴンに着弾する。

「ま、マスター、ナイーヴ・ドラゴン！　わ、私は大丈夫だったのです！」

サラは焦るような表情で主張する。

「え？　そうだったの？」

実際に大丈夫であり、危機と見せかけて平気であったことでディクロに精神的ダメージを与えてやろうという悪戯な企みが裏目に出てしまったようであった。

「ナイーヴ・ドラゴンは!?」

サラは必要はなかったものの自分を庇ったナイーヴ・ドラゴンのことを心配する。

「ガゥ？」

だが、ナイーヴ・ドラゴンは素っ頓狂な表情をしている。

「くっ……」

唇を噛み締めるのはディクロの方だ。序盤、一人を戦闘不能に追い込むための奇襲が結果として失敗に終わってしまったのだ。

ディクロの魔法・スキルは全て〝色香〟の属性が付与されていた。

しかし、ナイーヴ・ドラゴンはその繊細で猜疑的な性格ゆえ、他人の好意は全てシャットアウトする……わけではなく、特性：〝純粋〟により、精神系の攻撃を無効にする。色香属性もその中に含まれていた。

■ナイーヴ・ドラゴン　ランクN
レベル：58
HP：1361　MP：0
AT：602　AG：246
魔　法：なし
スキル：剛爪、クリムゾンブレス、体を休める
特　性：純粋、飛行

（ナイーヴ・ドラゴンの起用は的中したみたいだな……）

戦闘前、ジサンが想像した〝淫〟魔王という勘違いはあながち間違っていなかったのだ。

「ナイーヴ・ドラゴン、いい調子だ」

「ガゥう！」

ナイーヴ・ドラゴンは嬉しそうに翼をパタパタすると、そのままディクロ目掛けて突進する。

［スキル：剛爪］

「っ⁉」

ナイーヴ・ドラゴンの強靭な爪による攻撃が戦闘開始後、初めてディクロのＨＰに損傷を与える。

「くっ……このトカゲがっ！」

「がぅ⁉」

ディクロの掌がオーラを纏い、接近してきたナイーヴ・ドラゴンにカウンターを仕掛ける。

（……な、ナイーヴ！）

ジサンは咄嗟に助けようとする。

（え……？）

しかし、ジサンはなぜか体を動かすことができない。その間にナイーヴ・ドラゴンは被弾してしまう。

「がぅ……」

「………堅い……」

だが、ディクロの物理攻撃力がそれほど高くはないのか、はたまたナイーヴ・ドラゴンの耐久が高いのか……幸いにもダメージはそれほど大きくないようだ。

ジサンがほっとしているのも束の間、動けなかった理由がポップアップにより示される。

［ジサンはディクロの虜になっている］

（はっ……？　んんん？）

と、ジサンは何だか、頭がぽーっとして気分が良くなってくる。それは、まるで安楽死カプセルに入った時のようであった。

「ディクロ……美しい……」

ジサンはぽつりと呟く。

(な、何を言っているんだ⁉ 俺は！ これが虜の効果……？)

「まぁ……嬉しいわ……でも、ごめんなさい。私達は敵同士……何て悲劇なのでしょう……」

ディクロが頬を染め、くねりとしながら言う。

「……」

(しかし、虜……恐るべし……ソロだったら危なかったかもな……)

「マスター……」

ジサンが虜の効果に震えていると、唐突に、サラが俯きながら、ぼそりとジサンに話し掛ける。

「ん？」

「テイムに失敗したら、ごめんなさい……」

「え？」

「勢い余って、オーバーキルしてしまいそうです……！」

(……そ、それはちょっと……)

「らっ!!」

「カっっっ……」

サラのパンチがディクロの腹を捉え、ディクロの表情を歪ませる。

「避けられぬのは可哀そうだのぉ、これではサンドバックだ」

ボスには基本的に回避行動の権限がない。そのためプレイヤーからの攻撃は受け止めなければならないのだ。

「っ……！　どう？　羨ましいでしょ？　いずれ貴方も体験するわ」

「口の減らない奴だ。だが、それでこそ魔王」

サラは珍しく相手を賞賛する主旨の言葉を発する。そのディクロのＨＰは残り僅か。

（そろそろか……）

テイムするなら止めはテイム武器で刺さなければならない。

「……貴方も流石は大魔王といったところね」

「当然だ」

「……そんな貴方が従っている人物に興味が湧いてきたわ」

ディクロはそんなことを言いながら、距離を詰めてくるおじさんをチラッと見る。

「っ……!!　だ、だめぇ、マスターは私のぉ……!」

「ふふっ、どうやら弱点を見つけたようだ」


【ディクロが仲間になりたそうだ】

【テイムしますか?】

【はい】


手負いのディクロは跪くような姿勢のままエフェクトと共にその場から消滅する。どうやら無事にその他の多くのモンスターと同様にBOXに送られたようだ。


【MVP報酬:〝誘引石〟を入手しました】

ジサンのディスプレイにMVPの通知が届く。彼の使役モンスターが最も活躍したようだ。この戦いのレベルアップにより、ナイーヴ・ドラゴンはレベル上限に達する。

「よく頑張ったな、ナイーヴ・ドラゴン」

「がぅぅ!」

ジサンがナイーヴ・ドラゴンの眉間の辺りを一撫でしてやると、ナイーヴ・ドラゴンはリラックスした様子で目を細める。

＝＝＝＝＝＝＝＝＝＝＝＝＝＝＝＝＝＝＝＝＝＝＝＝＝＝＝＝＝＝

■魔具：誘引石

【効果】

任意のフレンドを自身の元に召喚する。

フレンドは召喚された際、拒否することができる。

また、パーティメンバーも同行するか否かを選択できる。

＝＝＝＝＝＝＝＝＝＝＝＝＝＝＝＝＝＝＝＝＝＝＝＝＝＝＝＝＝＝

《回想　陰魔王との戦い・了》

エクストラ　アサシンさん、コンティニュー

「何だここは？」

どこまでも広がる白い空間。

そこにリリース・リバティのバンダナを巻いた男、ライは立っていた。

俺は……死んだはずだ。

「っっっ………」

ライは震える。先刻まで自身が体験していた悍《おぞ》ましい出来事が彼の脳裏にフラッシュバックしたからだ。

何なんだここは……まだ拷問は続いているのか⁉　ライの恐怖心は一層、深まる。

「いらっしゃいませ」

「っ⁉」

背後から突如、声を掛けられたライは肩を激しく揺らす。そこには碧眼、碧髪に金のリングのカチューシャ、飾り気のない白いワンピースだけを着た少女が立っていた。

「君は、ぇーと……三人目くらいのお客さんかな」

「っ？」

少女が口にする言葉は全く理解できない。しかし、敵意があるようにも見えない。

「まずは謝らないとね。私の管轄ではないけど、〝呪殺譜〟がうまく作動しなかったことはこちら側の問題です。ごめんね」

「ど、どういうことだ？」

「どういうことって、君、呪殺譜って魔具を使用したよね？」

「あ、あぁ……」

確かに使用した。ライは正義マンおじさんに呪殺譜を使ってしまったのだ。今から思えば極めて衝動的であった。しかもその上、効果が発動しなかったのだ。

「その時、うまく作動しなかったでしょ？　あれってバグだったんだよね。だからこうして謝っているわけ。まぁ、実際には呪殺譜のバグというより、その対象のバグだったんだけど……」

ライにとっては未だに話が理解しきれない。普段の彼であれば激しい暴言で怒り散らしていてもおかしくない事態であるが、あまりに不可解な状況に未だ適応しているとは言い難い。だが、そんな中でも一つの疑問が湧く。

「あぁ、ごめんごめん、名乗るのを忘れていたね」

「っ⁉」

少女はライ自身が抱いた唯一の疑問に対し、さも当然であるかのように回答を始める。

「私は女神‥リスティア……あっ、今は魔神‥リスティアって言った方がわかりやすいかな？」

「ま、魔神!?」

その言葉は先ほどまで残虐な大魔王に接していたライにとっては、むしろ恐怖心を煽ってしまう単語であった。魔神とは、大魔王よりも更に上のランクのボスである。そして、リスティアという名前は確かにボスリストの二番目に名を連ねている。

「あぁ、ごめんごめん、だから敵意はないんだって」

なら、一体何なんだ？

「そうだね、それを先に言うべきだったかな？　ライさん、コンティニューへようこそ！」

ライは疑問を口に出してはいなかったはずだが、リスティアは再び回答を始める。

「こ、コンティニュー？」

「そう、コンティニュー。ゲームならあるでしょ？　普通。要するに君、希望すれば生き返ることができるってわけ」

「っ!?」

言葉を失うライを気にすることなく、リスティアは言葉を続ける。

「実は、厳しくはあるのだけど、一定条件をクリアしているプレイヤーには低確率でこうしてコンティニューのチャンスが与えられるんだよね。君は条件的にはちょっと未達だったんだけど、呪殺譜のバグの件も加味され、コンティニューの対象になりました」

「……」

先ほどから、「はい、そうですか」と納得できない話ばかりでライは言葉を失うばかりであった。

だが、彼の性分なのか、なぜか皮肉な疑問が湧いてくる。

「こんなクソ野郎に復活のチャンスを与えていいのか？」

彼は生前、相当な悪事を働いた。それは自覚していた。

「クソ野郎？　あぁ、君のことか。別に全く問題ないね。君はゲームのルールを破っていない。そもそも易々と破らせなんかしないけどね」

リスティアはあっけらかんとそんなことを言う。

その回答はライにとっては意外であった。だが、彼は思い出す。このような少女の姿をしていても相手はＡＩが現在、提示している最大の刺客である。人間が作り出した道徳や倫理など通用しない。

「俺以外の二人はどうなった？」

「ふ～ん、クソ野郎のくせにお友達のことが気になるのかな？」

「なっ……!?」

「でもごめんね、それはお答えできないんだよね」

「っ……」

「ちなみにコンティニューをした場合、別の人物として生まれたところから再スタートって感じです。でも年齢を重ねれば、記憶も蘇ると思うよ」

「何だとっ!?」

ライは調子を取り戻してきたのか声を荒らげる。

「ん？　もしかして不満かな？」

「不満に決まっているだろ、それじゃあ、奴らに復讐ができない」

「はぁ～ん、君ってたくましいね。あれだけのことがあって、まだ復讐するつもりかい？」

「わ、悪いか」

「いやいや、悪くないよ。むしろ感心しちゃったよ」

「か、感心っ⁉」

「うん、なら仕方ないよね。そんな君に特別メニューを用意してあげよう」

「と、特別メニュー？」

「そう。特別メニュー。ちょっと変わった方式での復活になるんだけど、通常メニューよりは遥かに早く、君の目的にチャレンジできると思うけど？」

そんなうまい話……。

「察しがよくて助かるよ。特別なのだから、勿論、相応のリスクはある」

「っ⁉」

「それでもやるかどうかは君次第さ」

リスティアは無邪気に微笑む。

《エクストラ　アサシンさん、コンティニュー・了》

エクストラ2　勇者さん、牧場欲しい

［ライゲキが仲間になりたそうだ］

［テイムしますか？］

［はい］

［MVP報酬：〝黄金の釣餌〟を入手しました］

見慣れぬエフェクトと共にモンスターはその場から消滅する。

モンスター図鑑なるメニューが出現し、確かに今しがた、テイムしたモンスターが登録されている。

「うわぁ、本当にテイムできちゃったよ」

「へぇ～、できるものね。初テイム、おめでとう、ツキハちゃん」

「半信半疑だったが、案外、普通にできるものだな」

「ってか、MVP報酬貰えたんだけど……やっぱり隠しボスだったのかな？」

その日、月丸隊のツキハは人生初のモンスターテイムに成功する。実はかなり幸運であったのだが、ビギナーズラックゆえ、そんなことには気づいていない。

エスタ、アルヴァロを巡る旅が一段落し、ユウタがコウベから戻ってきてからしばらく経っていた。月丸隊の面々は近場のダンジョンにて交通系報酬開放のため魔公爵の討伐に挑んでいた。その際、トラップを発見したため、わざと引っ掛かると案の定、隠しボスと遭遇したというわけだ。

その際、ツキハは、ふとモンスターおじさんのことを思い出す。隠しボスはテイムできるらしいことを聞いていたのだ。こいつ、テイムしたらジサンさん……驚くかな……

なぜかそんな気持ちが働いた。テイム武器は使用したことはなかったが、それなりに所持はしていた。衝動的にテイム武器に持ち替えた。


「ランク：R？　ユニーク・シンボル？　これっていい奴なのかな？」

モンスターのステータスを確認しながら、ツキハは呟く。

「Rだ？　そりゃ、外れじゃねえか？」

が、メンバーのユウタは無慈悲にもそう言い放つ。

「えっ!?　でも、結構、強かったじゃん！　喋ってたし、魔王クラスでもおかしくないと思うけど」

「ん～、まぁ、確かにな……だが、レアリティってのはSSR以外、使えねえって、俺の父親が言ってたぞ」

「へぇ……そう……かな」

外れでは、ジサンさんは驚いてはくれないかな……しかし、間違ってはいないが、どうも納得できず、不満顔をするツキハであった。

「…………あっ！」

その時、ツキハは閃く。

「めっちゃいいこと思い付いちゃったよ！」

ツキハは眉を逆八の字にして、どこか嬉しそうだ。

「ん？」

「なーに、ツキハちゃん」

「牧場を買おう！」

「「…………」」

しかし、ツキハの想定外に二人の顔は渋い。

「牧場ってあれか？　前にお前が嬉々として語ってたジサンさんが所有してるっていうチバのモンスター牧場のことか？」

ユウタが眉間にしわを寄せながら確認する。

「そ、そうだよ……ほ、ほらっ！　牧場を買えば、週一回までカントウエリアまでワープできるんだよ！　それってめっちゃすごくない？」

「…………まぁ、確かにそれはいい」

ユウタにとってもそれは極めて魅力的ではあった。しかし、少々、釈然としない。

「ツキハ……目的は本当にそれか？」

「え？　そ、そうだけど……」

　ツキハの目線が泳ぐ。

「おいまさか、お前、本気でおじさんに遭いたいってだけじゃねえだろうなっ⁉」

「そ、それだけじゃないよ……！」

「あ、本音が出たぞ！　それだけじゃないってことは、やっぱりそれも含んでるんじゃねえか！」

「あっ……」

「かぁあああ！　この色ボケ勇者さまは本当にっ！　面倒くせぇ！　さっさとその〝魔媚薬〟を使っちまえ！」

「そ、そんなことできるわけないじゃん！」

　魔媚薬とは第三魔王ノヴァアークの討伐報酬であり、効果は〝任意の一名を使用者に惚れさせる〟である。実はこのアイテムはツキハが所持していたのである。

「おい、どうするよ？　チユ！」

「え？　そうねぇ……まぁ、いいんじゃない？」

「「っ……！」」

　ツキハの表情はパッと晴れる一方で、ユウタの表情は曇る。

「だって、なんか面白そうだし……」

　笑顔だったツキハの表情はピキッと固まる。

「そうだった。お前らはそういう奴だった」

ユウタは額に掌をあて、うな垂れる。そして、ポツリとツキハが呟く。
「でも、そうなると魔物使役もしたくなってくるよなぁ……なんかいい方法ないかなぁ……」

《エクストラ2　勇者さん、牧場欲しい・了》

あとがき

この度は「ダンジョンおじさん」を手に取っていただき、誠に有難うございます。

本作は私にとって最初の出版作品となります。なので、このあとがきも初めてのあとがきということになります。

というわけで、少しだけ自分語りをさせていただきますと、私は執筆活動をする前は趣味でのゲーム製作活動をしていました。

実に八年程かけてシナリオ兼プログラム担当として、シューティングゲームを作っていました。そんなわけで本作もシューティングの要素が少し入っていたり、あとは、その作品のキャラをモデルにしているモンスターがいたりします。そのゲームがようやく完成した際、燃え尽きかけたのですが、ゲームをゼロから作るのは流石にしんどいので、ストーリーだけを書いてみようかと思ったのが、執筆を始めるきっかけでした。

当時は正直、ゲーム製作よりは大変ではないだろうと思っていたところがありましたが、今ではその予想が間違っていたと知ることができました。ゲーム製作ほど、色々な工程があるわけではないのですが、その分、相当な物量が求められるため、日々、ひぃひぃ言いながら執筆しております。

話は変わりますが、本作は意識的にしろ無意識にしろ、いろいろな他作品の影響を受けていると思います。例えばポケモンが代表例です。ポケモンは私が初めて遊んだRPG作品であると同時に私が初めてハマったゲーム作品でもあります。そんなポケモンですが、最近は、YouTubeに投稿されているBUMP OF CHICKENとのコラボMVをよく観ています（かれこれ50回くらいは観た気がします）。三分間という時間に20年分の歴史が詰め込まれ、目まぐるしくシーンが切り替わるようなMVなのですが、当時の思い出やら、制作者のこだわりやら、歌詞もすごく素敵だったりと、何かよくは分からないのですが、物凄く感動して、軽くうるっとしながら観ています。

本作もポケモン程ではないにせよ、読者の皆様の心に少しでも何か残るものがあったら……と願うばかりです。

届けたい物語がある――

表紙の帯の下の方に書いてありました。

サーガフォレストは毎月15日発売です！（ダンジョンおじさんは13日でしたが……）

最後になりますが、イラストを引き受けてくださり、最高のモノを創ってくださったジョンディー様、J.タネダ様、お声を掛けてくださり、最後まで親身に対応くださった遠藤様、一二三書房の皆様、これを読んでいるかは分かりませんが、支えてくれた家族、相談に乗ってくれた友人にもこの場を借りて、感謝申し上げます。

そして何より、数ある作品の中から本作を選んでくださった読者の皆様に心より御礼申し上げます。

広路なゆる

異世界領地改革
〜土魔法で始める公共事業〜
HOTEI SABUROU
布袋三郎
イラスト イシバシヨウスケ
転生した世界で授かったのは
累計
10000000
PV!
土魔法と無限の魔力
公共事業で
みんなを笑顔に！
©Saburou Hotei

宮廷魔法師クビになったんで、田舎に帰って
魔法科の先生になります
I was fired from a court wizard so I am going to become a rural magical teacher.
3
Rui Sekai
世界るい
illustration だぶ竜
災厄の魔女《ヨド》の覚醒を阻止せよ!
大切な生徒を救うためジェイドたちは帝都へ!

ダンジョンおじさん

発 行
2020年11月13日 初版第一刷発行

著 者
広路なゆる

発行人
長谷川 洋

発行・発売
株式会社一二三書房
〒101-0003 東京都千代田区一ツ橋2-4-3 光文恒産ビル
03-3265-1881

デザイン
okubo

印 刷
中央精版印刷株式会社

作品の感想、ファンレターをお待ちしております。

〒101-0003 東京都千代田区一ツ橋2-4-3 光文恒産ビル
株式会社一二三書房
広路なゆる 先生／ジョンディー先生／J. タネダ 先生

Printed in japan, ISBN 978-4-89199-670-3

※本書は小説投稿サイト「小説家になろう」（http://syosetu.com/）に
掲載された作品を加筆修正し書籍化したものです。